Margaret Mitchell
Insel der verlorenen Träume

VON DER AUTORIN DES
WELTBESTSELLERS
VOM WINDE VERWEHT

Aus dem Amerikanischen
von Edith Walter

BASTEI-LÜBBE-TASCHENBUCH
Band 12 885

Titel der Originalausgabe: Lost Laysen
© Margaret Mitchell »Insel der verlorenen Träume«
und Briefe der Autorin: 1996 by Trust Company Bank,
as Executor under the Will of Stephens Mitchell
© Photos und andere Briefe: 1996 by Road to Tara Museum,
Acquisitions, Inc.
© 1996 für Vorwort, Einführung und Nachwort: Debra Freer
© 1996 für die deutschsprachige Ausgabe
Gustav Lübbe Verlag GmbH, Bergisch Gladbach
Lizenzausgabe: Bastei Verlag Gustav H. Lübbe GmbH & Co.,
Bergisch Gladbach
Printed in Germany, November 1998
Einbandgestaltung: Graphik Design Dieter Ziegenfeuter
Buchgestaltung und Satz: DYADEsign, Düsseldorf
Reproduktion der Abbildungen: NovaConcept, Berlin
Druck und Bindung: Pustet, Regensburg
ISBN 3-404-12885-0

Der Preis dieses Bandes versteht sich einschließlich
der gesetzlichen Mehrwertsteuer.

INHALT

VORWORT
7

EINFÜHRUNG
Margaret Mitchell & Henry Love Angel

Eine vergessene Liebe

17

INSEL DER VERLORENEN TRÄUME
121

NACHWORT
196

DANKSAGUNG
200

ANMERKUNGEN
201

BIBLIOGRAPHIE
205

VORWORT

Im Jahr 1916[1] begann Margaret Mitchell eine leidenschaftliche Geschichte über eine willensstarke Frau zu schreiben, der ihre Ehre mehr bedeutet als ihr Leben. Es ist eine Geschichte von unerwiderter Liebe, die Geschichte eines Mannes, der diese Frau von ganzem Herzen begehrt, sie jedoch nie sein eigen nennen kann. Er ist nicht Rhett Butler, sie nicht Scarlett O'Hara[2], und es ist nicht *Vom Winde verweht*. Es ist *Insel der verlorenen Träume*, eine Erzählung von Liebe und Ehre, die auf einer Insel im Südpazifik spielt. Margaret Mitchell schrieb sie im Sommer ihres sechzehnten Lebensjahres mit der Hand in zwei blaue Aufsatzhefte.

Der Bericht über die Entdeckung von *Insel der verlorenen Träume* ist selbst die Geschichte einer bittersüßen, zum Scheitern verurteilten Liebe sowie ehrfürchtig gewahrter Geheimnisse und das unvergängliche Geschenk einer weltberühmten Schriftstellerin an einen Mann, den die Geschichte fast vergessen hat. Der Name dieses Mannes war Henry Love Angel. Margaret Mitchell machte ihm *Insel der verlorenen Träume* zum Geschenk, und beide, Mitchell und Angel, nahmen das Geheimnis dieser ungewöhnlichen Gabe mit ins Grab.

Warum ist dieses Geschenk so ungewöhnlich und bemerkenswert? Weil Margaret Mitchell darum gebeten hatte, ihre Schriften und persönlichen Papiere nach ihrem Tod zu vernichten.[3] Briefe, Tagebücher, Manuskripte (darunter die meisten Seiten der Originalfassung von *Vom Winde verweht*), tatsächlich alles, was sie je geschrieben hat, wurde systematisch eingeäschert, und sechzig Jahre lang mußten sich Millionen ihrer Fans mit der Tatsache abfinden, daß Margaret Mitchell nur einen einzigen Roman geschrieben hatte. Und nun bietet uns *Insel der verlorenen Träume* wundersamerweise die Möglichkeit, uns noch einmal vom Talent dieser unvergleichlichen Schriftstellerin zu überzeugen. Nie wird es eine zweite Margaret Mitchell geben. Nie ein zweites *Vom Winde verweht*. In *Insel der verlorenen Träume* werden wir daran erinnert, warum das so ist. An diesem fehlenden Kapitel ihres Lebens erkennen wir, wie der erste Funke gezündet wird, bevor das Feuer der Kreativität lodert, der wir *Vom Winde verweht* zu verdanken haben.

Als das Road to Tara Museum in Atlanta, Georgia, im April 1995 Henry Love Angels Erbe preisgab, hörte die Welt einen unglaublichen Aufschrei der Empörung – es gab also doch noch eine von Margaret Mitchell verfaßte Geschichte! Aus aller Welt kamen Telefonanrufe, strömten Anfragen der Medien ein. Von Südafrika bis Tokio und London forderten die Menschen, mehr über die Entdeckung zu erfahren. Das Museum befaßte sich mit der Angelegenheit, seit Henry Angel jr. im August 1994[4] zum ersten Mal angerufen hatte. Angel wußte wenig über die Beziehung seines Vaters zu Margaret Mitchell, aber er wußte, daß sein Vater einen Stapel Briefe, zwei Aufsatzhefte und viele alte Photographien aufgehoben hatte.

Henry suchte Käufer für die Hinterlassenschaft seines Vaters, wollte sie jedoch keinem privaten Sammler überlassen, da die Welt sie dann nie zu sehen bekäme und nie die Wahrheit über die Beziehung zwischen Margaret Mitchell und seinem Vater erführe.

Als Henry Love Angel 1945 starb, hinterließ er in Form dieser Briefe, Photos und zweier Aufsatzhefte eine nie erzählte Geschichte, ein Geheimnis, das er nur mit Margaret Mitchell und seinen Eltern geteilt hatte. Länger als ein dreiviertel Jahrhundert ruhte diese nie erzählte Geschichte, blieben die Erinnerungsstücke an Henrys und Margarets Liebe zuerst im Heim von Henrys Eltern und dann im Haus seines Sohnes verborgen.

Einige Zeit nach dem Tod seiner Großmutter im Jahr 1952 erhielt Henry jr. das Erbe seines Vaters, das sie jahrzehntelang sorgfältig gehütet hatte. Als sein Großvater

ihm die geheimen Andenken seines Vaters übergab, war
Henry jr. verblüfft. Seine Familie hatte Margaret
Mitchell gekannt, das wußte er, doch daß sein Vater ein
alter und geliebter Verehrer gewesen war, hatte er
nicht geahnt. Und Henry Angel jr. erinnerte sich daran, daß
er bei der Übergabe der Sachen gedacht hatte: Was soll
ich mit einem Päckchen alter Liebesbriefe und Photos?[5]
Er legte sie in eine Kommode, wo sie den größten Teil
seines Lebens unbeachtet liegen blieben. Er hatte sie fast
vergessen, wurde jedoch wieder an sie erinnert, als er
hörte, daß in Atlanta ein Museum für *Vom Winde verweht*
und Mitchell existiert. Er ging in eine Bibliothek und
suchte in einer Margaret-Mitchell-Biographie nach dem
Namen seines Vaters. Er fand ihn, er wurde kurz erwähnt.
Henry jr. beschloß, sich mit dem Museum in Verbindung
zu setzen.

Bis zu dem Anruf von Henry jr. war Henry Love Angel
in den Mitchell-Biographien kaum mehr als eine Fußnote.
Biographen erwähnen ihn als flüchtigen Bekannten oder
bestenfalls als einen ihrer fünf bekannten Verehrer.
Die Direktorin des Museums, Patsy Wiggins, war der Meinung, daß – vorausgesetzt, dieser Fund war echt und
Henry und Margaret Mitchell standen sich näher, als bisher vermutet – Henry Angels Bedeutung irgendwie
übersehen worden war. Doch ehe sich das Museum bereit
erklärte, den Fund zu erwerben und dessen Authentizität zu prüfen, hielt es sich vorsichtig zurück. Waren
Angels Andenken einen Ankaufwert?

Ein unabhängiger Experte wurde berufen, der das

Material für das Museum begutachten sollte. Als erfahrene Mitchell-Forscherin und ausgebildete Gutachterin für Kunst und Antiquitäten, die seit fünfundzwanzig Jahren sammelte, fühlte ich mich dieser Aufgabe durchaus gewachsen. Dennoch staunte ich, als ich die Fülle so alten, bisher mutmaßlich unbekannten Materials zu Gesicht bekam. Nach gründlichen Recherchen kam ich zu dem Schluß, daß es glaubwürdig war und eine bedeutsame historische Entdeckung darstellte; so bedeutsam war diese Entdeckung, daß es notwendig wurde, einen Teil von Margaret Mitchells Lebensgeschichte neu zu schreiben. Das fortgesetzte Studium hat inzwischen erbracht, daß es sich um einen reichen Fundus neuer Informationen über Margaret Mitchells Leben handelt, und es scheint geradezu unvermeidlich, daß noch weitere Einzelheiten auftauchen werden.

Die siebenundfünfzig Photographien, fünfzehn Briefe und Karten und die Geschichte, die Mitchell in zwei Aufsatzheften niederschrieb, sind seit dem Tod der Autorin der größte Fund unveröffentlichten Materials. Um die Bedeutung dieses Fundes richtig einzuschätzen, braucht man sich nur zu vergegenwärtigen, wie unauslöschlich dieses Land von Margaret Mitchell und ihrem einzigen veröffentlichten Roman geprägt wurde.

Margaret Mitchells Ehemann, John Marsh, stellte fest, »daß alles, was [nach Margaret Mitchells Tod im August 1949] geschrieben und gesagt wurde, nur bestätigte, wie hoch das Ansehen und wie groß die Achtung waren, welche die Öffentlichkeit ihr entgegenbrachte. Kein anderer Autor und wenige Menschen, gleich welchen Ranges, wären weltweit so betrauert worden.«[6]

Tatsächlich hat kein anderer Roman unsere Kultur so nachhaltig beeinflußt. 1936 veröffentlicht, war er bei der Kritik sofort ein toller Erfolg und wurde zum Verkaufsschlager; im selben Jahr gewann er den Pulitzerpreis und lieferte die Vorlage zu dem Film, der 1939 mehrfacher Preisträger des Academy Award [Oscar] wurde. Statistiken werden der Bedeutung nicht gerecht, die *Vom Winde verweht* als Kulturphänomen ersten Ranges ausweist, aber sie helfen: Es wurden mehr als 28 Millionen Exemplare in 27 Sprachen verkauft, und noch heute sind es alljährlich weltweit 250000 Exemplare. Der Roman gilt als der am meisten verkaufte überhaupt. Mitchell-Fans und Andenkensammler sind auf allen Kontinenten zu finden. Der Roman hat über historische Fakten den Schleier der Fiktion gebreitet: Seit dem ersten Erscheinen, seit Jahrzehnten also, kommen Besucher nach Atlanta und suchen Tara. Nun ist *Vom Winde verweht* nicht mehr Mitchells einziges Werk.

Margaret Mitchell schrieb *Insel der verlorenen Träume* zehn Jahre, bevor sie sich an *Vom Winde verweht* machte. Sie begann mit der Niederschrift am 10. Juli 1916 und beendete die Arbeit am 6. August, wie sie auf einer Innenseite ihres Aufsatzheftes vermerkte. Hinten im Heft ist ihr in zwölf Kapitel unterteilter Entwurf eingeklebt. Der handgeschriebene Text ist bemerkenswert sauber, mit

wenigen Änderungen oder Streichungen. Es scheint, als
sei ihr die Erzählung in weniger als einem Monat in
vollendeter Form aus der Phantasie zugeflossen. Die Tatsache, daß eine Novelle von der Komplexität der *Insel
der verlorenen Träume* in so kurzer Zeit geschrieben
wurde, ist eindrucksvoll; daß Margaret Mitchell fast vier
Monate von ihrem sechzehnten Geburtstag entfernt war,
als sie sie schrieb, ist absolut erstaunlich. *Vom Winde verweht* ist kein Zufallstreffer.

Auf mannigfache faszinierende Weise ist *Insel der verlorenen Träume* ein Vorbote von *Vom Winde verweht*.
Die Erzählung enthält Themen und Charaktere, die für
das Verständnis des späteren Werks wesentlich sind.
In beiden Werken steht eine Dreiecksbeziehung im Mittelpunkt, und in beiden wird eine unerfüllte Leidenschaft
zum Dreh- und Angelpunkt. In beiden ist die Heldin
eine unabhängige Frau, die keine Angst hat, gesellschaftliche Tabus zu brechen. Andere Ähnlichkeiten können
erwähnt werden, ohne daß die Handlung vorweggenommen wird: Billy Duncan in *Insel der verlorenen Träume*
ist wie Gerald O'Hara ein rauhbeiniger, jähzorniger
Ire, der gezwungen war, aus seinem Heimatland zu fliehen. Wie Scarlett muß die Heldin Courtenay aus *Insel der
verlorenen Träume* sich gegen eine furchtbare Bedrohung
wehren, und wie Frank Kennedy und Ashley Wilkes ist es
in *Insel der verlorenen Träume* für Doug Steele und
Billy Duncan eine Frage der Ehre, den Missetäter zu
verfolgen. In beiden Werken wird das Leben aller Beteiligten durch einen gewaltigen Umbruch erschüttert. Und

sowohl dem Roman als auch der Erzählung mangelt es am Ende nicht an Dramatik.

Auch ist *Insel der verlorenen Träume* wie *Vom Winde verweht* aus Margaret Mitchells eigenem Leben gegriffen. Die Heldin in *Insel der verlorenen Träume* heißt wie Margarets beste Freundin Courtenay Ross. Tatsächlich weist die Figur dieser zierlichen, eigenwilligen Frau jedoch eine viel größere Ähnlichkeit mit Margaret selbst auf, und der Held Billy Duncan, ein ehrenhafter, abenteuerlustiger Mann mit Ecken und Kanten, der bereit ist, für die Ehre seiner Liebsten zu kämpfen, ähnelt sehr stark Henry Love Angel. Tatsächlich ist Duncans Beziehung mit der fiktiven Courtenay ein Spiegelbild von Angels Beziehung zu Mitchell: Er ist ein Mann, der eine Frau liebt, die seine Zuneigung erwidert, ihn am Ende jedoch nicht erwählt; er ist der ergebene Anbeter einer Frau, die ihn bezaubert, die er jedoch nie gewinnen kann.[7]

Um *Insel der verlorenen Träume* besser zu verstehen, ist es unerläßlich, Margaret Mitchells Photos und Briefe zu kennen; sie sind hier enthalten. Sie enthüllen das Ausmaß der Vertrautheit von Margaret Mitchell und Henry Love Angel, die so tief war und so unverkennbar aus tiefstem Herzen kam, daß Margaret-Mitchell-Forscher verblüfft waren. Als Ganzes genommen erzählen die Briefe und Photos die Geschichte einer Liebe, die ebenso magisch war wie die Liebe in *Insel der verlorenen Träume*.

Wir werden vielleicht nie wirklich erfahren, warum Margaret diese Erzählung einer unerfüllten Liebe Henry, ihrem glücklosen Anbeter, schenkte. Aber es ist kein Wunder, daß sie es tat, denn er war ein Mann, der ihr auf eine so seltene Weise ergeben war, daß er, so enttäuscht er auch gewesen sein mag, ihr gemeinsames Geheimnis getreu seiner Ehre bis zu seinem Ende bewahrte.

Einführung

Margaret Mitchell & Henry Love Angel

Eine vergessene Liebe

Außer der Novelle *Insel der verlorenen Träume* gehören zu Henry Love Angels Hinterlassenschaft Briefe, Photographien und Negative. Die Photos zeigen Margaret Mitchell im Alter von achtzehn Monaten bis zu ihrem zweiundzwanzigsten Lebensjahr. Viele dieser Photos wurden von Henry Love Angel selbst aufgenommen; er war ein begeisterter Photograph und hatte eine Dunkelkammer im Haus. Seine Bilder von Margaret scheinen das zeitlose Wesen dieser bemerkenswerten Persönlichkeit festzuhalten, die einzigartig war und dennoch Teil eines sich herausbildenden neuen Typus der Südstaatlerin.

Mitchells Briefe an Angel, rührend durch ihre Sachlichkeit und ihren eindringlichen Ernst, wurden zwischen 1920 und 1922 geschrieben. Sie sind die einzige noch vorhandene Chronik ihrer Liebe.

Margaret Munnerlyn Mitchell und Henry Love Angel wurden beide anno 1900 geboren. Ihre gemeinsame Freundin Courtenay Ross war ein Jahr älter. Alle drei waren im Schuljahr 1912/13 neu im Viertel der Peachtree Street. Margaret und ihre Familie zogen von der anderen Seite der Stadt in ihr Heim Peachtree Street 1149, und Henry und Courtenay waren ganz neu in Atlanta. Henry Angel war aus Wilmington, North Carolina, und Courtenay Ross kam aus Memphis, Tennessee. Die drei Außenseiter in der neuen Nachbarschaft wurden bald enge Freunde, und jeder von ihnen war dazu bestimmt, eine wichtige Rolle im Leben der beiden anderen zu spielen.

Von links nach rechts:
Courtenay Ross, Henry Love Angel,
Margaret Mitchell um 1920

Aus ihrer frühen Jugendzeit gibt es keine Briefe von Margaret an Henry und nur noch wenige Photographien. Sie waren zu eifrig damit beschäftigt, Kind zu sein. Margaret war jedoch kein gewöhnliches Kind; ihr Bruder Stephens erinnert sich, daß sie anfing, Geschichten zu schreiben, sobald ihre Finger einen Bleistift führen und Buchstaben zu Wörtern verbinden konnten.[8]

Die achtzehn Monate alte Margaret tollt im Garten umher.
»Als Baby hat sie immer finster dreingeschaut«,
sagte ihr Bruder Stephens einmal. [9]

*Auf diesem nicht näher bezeichneten Studioporträt
lächelt die zweijährige Margaret beinahe.
Beide Kinderbilder wurden in Henry Angels Hinterlassenschaft
gefunden. Vielleicht hat Margaret sie ihm zum Scherz gegeben,
nachdem er sie um eine Photographie gebeten hatte.*

Zwischen 1912 und 1916 begann Margaret zu schreiben und Theaterstücke zu produzieren. In diesen Produktionen waren Margaret und ihre Freunde die Stars, und gewöhnlich wurden sie im neuen Heim der Familie aufgeführt. Courtenay, Henry und der Rest der Clique aus der Nachbarschaft ergänzten manchmal die Reihen der Schauspieler. Woher kam diese Kreativität? Zweifellos wurde Margaret von den Geschichten über Henrys Vater, den verstorbenen Schauspieler Henry Waters Angel, und seine großen Leistungen am Theater beeinflußt. Darüber hinaus war dies die Zeit des Vaudeville und die Geburtsstunde eines neuen Mediums – des Films.

Im Dezember 1915 hatte D.W. Griffiths Geschichte aus dem Bürgerkrieg, *Die Geburt einer Nation*, in Atlantas Filmtheatern Premiere und wurde zur Sensation. Courtenay Ross erinnert sich, daß Margaret Mitchell ein Stück mit dem Titel *Der Verräter*[10] schrieb, das von Griffiths Film und den Schriften von Thomas Dixon inspiriert zu sein schien. Bei einer Aufführung spielte Courtenay den schnurrbärtigen Bösewicht und Margaret den Helden Steve[11]. Henry hob ein Photo von Margaret in dieser Rolle auf, vielleicht war es sein liebstes.

*Bühnenautorin und Schauspielerin
Margaret Mitchell posiert
als Steve Hoyle[12] in ihrem Stück* Der Verräter.

Im Jahr 1980 erinnerte sich Courtenay anläßlich eines Interviews, daß Margaret und sie in ihrer Zeit an der High School im Washington Seminary wie »Siamesische Zwillinge« waren. Sie fuhr fort: »Wir traten in ein Jungen-Baseball-Team ein, ich als Werfer, Margaret als Fänger. Ein Junge namens Henry [Love Angel] schloß sich uns an. Heute würde man ihn einen Hippie nennen, also nannten wir uns »The Dirty Three« [die schmutzigen Drei], abgekürzt D.T.«[13]
Die drei spielten zusammen Baseball und kämpften miteinander Schlammschlachten.

Im Jahr 1916 mußte der D.T.-Klub an einen echten Krieg denken. Der Erste Weltkrieg meldete sich jenseits des Atlantik, und die Tage der Kindheit waren für immer dahin. Es war der Anfang vom Ende der Unschuld, für die Welt und für die drei Freunde. Man sieht den Unterschied in den Gesichtern von Margaret und Courtenay auf den Photos, die zwischen ihrem zweiten und dem vorletzten Studienjahr gemacht wurden. Margaret, Courtenay und Henry waren keine Kinder mehr.

*Courtenay und Margaret im zweiten Studienjahr
am Washington Seminary in Atlanta 1915/16
(untere Reihe Mitte und rechts)*

*Courtenay und Margaret auf ihrem Klassenphoto[14]
im vorletzten Studienjahr 1916/17 (untere Reihe)*

Margaret begann am 10. Juli 1916, einen Tag vor Henrys Geburtstag, *Insel der verlorenen Träume* zu schreiben. Das war vier Monate, bevor sie selbst sechzehn Jahre alt wurde, doch irgendwie entwuchs sie in diesem Sommer ihren Kinderschuhen und wurde zur jungen Frau.

Courtenay erinnerte sich, daß sie und Margaret im Sommer 1916 schon Verabredungen hatten.[15] Ihr Gesellschaftsleben begann, und beide traten während dieses vorletzten Studienjahrs in der Schule in viele Klubs ein, unter anderem in den Drama Club, den College Preparatory Club, der auf das College vorbereitete, in The First Aid Club, die Erste-Hilfe-Vereinigung, und in The

Literary Society, den Literarischen Zirkel. Am 24. November fand das erste von zahlreichen gesellschaftlichen Ereignissen statt, an denen Margaret und Courtenay teilnahmen – ein Tanzabend, den Courtenays Eltern im Piedmont Driving Club veranstalteten.

Irgendwann in diesem Jahr zog ein Junge aus Atlanta, Red Upshaw[16], mit seinen Eltern nach Raleigh in North Carolina, aber zu Courtenays Party am 17. Juni kam er wieder. Red sollte sich zu einem Feind von Henry Love Angel entwickeln und wurde später, zur Überraschung von Margarets Freunden, Margarets erster Ehemann.

Trotz des Wahlkampfslogans von Präsident Wilson im Jahr 1916, daß »er uns aus dem Krieg herausgehalten hat«, dachten jetzt viele Amerikaner, daß man in den Ersten Weltkrieg eintreten sollte, und Henry bereitete sich wie viele junge Männer aus Atlanta schon auf den Kampf vor. Im Januar 1917 wurde Atlanta dazu bestimmt, ein Militärlager aufzunehmen, und im April hatten die Vereinigten Staaten Deutschland bereits den Krieg erklärt. Im Mai kam es zu einer Katastrophe, wie es sie seit Sherman nicht mehr gegeben hatte: Feuer vernichtete über 150 Hektar der Stadt. Zehntausend Menschen verloren ihr Heim, und über Atlanta wurde wieder das Kriegsrecht verhängt. Margaret und ihre Mutter halfen und spendeten den Opfern der Katastrophe Trost.

Margaret und Courtenay beteiligten sich auch an der Sammelaktion des Roten Kreuzes, um die Kriegsanstrengungen zu unterstützen. In jenem Herbst wurde in Atlanta ein zweites Militärlager, Camp Gordon, errichtet;

die Stadt bekam nun auch eine Telephonzentrale, und Margarets neue Nummer, Hemlock 5628, wurde bei vielen jungen Soldaten bald sehr beliebt.

Es war jetzt Margarets und Courtenays letztes Jahr am Washington Seminary. Während des ganzen Schuljahres besuchten sie Tanzabende und Nachmittagstees und sorgten für die dringend notwendige Ablenkung der tapferen Landser. Sie gehörten wieder denselben Schul-Klubs an, und Margaret war in dem Jahr Präsidentin der Literary Society. Die Erwähnung der Mädchen in der *Senior Class Prophecy* der Schule ist aufschlußreich und enthält einen leisen, aber deutlichen Hinweis auf *Insel der verlorenen Träume*: »Energisch über den Propeller hinauskletternd, erschien keine andere als Margaret Mitchell. Als sie ihren schicken Fliegermantel zurückwarf, kam ein kindlicher Buster-Brown-Kragen[17] zum Vorschein ... Ein U-Boot schaukelte auf und nieder ... Auf der Kommandobrücke, ein Fernglas vor den Augen, eine Hand auf dem Griff der Pistole in ihrem Gürtel, stand Courtenay Ross ... Das flotte, kleine Boot tänzelte aus meinem Blickfeld, und in seinem Kielwasser ... erschien eine felsige Insel.«[18]

Der Sommer, der auf das letzte Schuljahr folgte, wurde bestimmt durch Margarets Abreise ins College, und Henry zog in den Krieg. In dieser Zeit hatte Margaret viele Verehrer, darunter auch Henry Love Angel. Für Margarets Eltern war er ein akzeptabler Begleiter, denn sie hatten miterlebt, wie er vom kleinen Jungen zum Erwachsenen wurde, und kannten seine Eltern. Henrys Mutter stammte aus einer guten alten Familie, die ihre Wurzeln bis zu Benjamin Franklin zurückverfolgen konnte, und sie war auch eine Baldwin – in der Geschichte des Südens ein hochgeachteter Name. Die Mitchells mögen Henry auch für einen tatkräftigen jungen Mann gehalten haben; wie sein Sohn Henry jr. sich erinnert, arbeitete sein Vater gern an Benzinmotoren und erfand später einen Vergaser, den er patentieren lassen wollte.[19] Die Mitchells mochten auch seine ehemalige Heimatstadt Wilmington, einen Seehafen an der Küste von North Carolina, der als Haupthafen der konföderierten Blockadebrecher in die Geschichte einging. Die Familie Mitchell verbrachte ihre Ferien häufig am nahen Strand von Wrightsville.

*Inmitten einer Fülle sommerlicher Blumen präsentiert ein
zuversichtlicher Henry Angel (rechts) seinen für Margaret bestimmten
Strauß; der junge Red Upshaw (links) lächelt boshaft dazu.
Das mag auf einem gemeinsamen Ausflug
gewesen sein, denn Margaret schrieb später, sie habe Red das
letzte Mal »bei einem Ausflug mit Courtenay« [20] gesehen.*

Henry Angel und Margaret Mitchell haben sich für einen nicht bekannten Anlaß piekfein gemacht.

Margaret Mitchell posiert mit über das Trittbrett hinunterhängenden Füßen und Henrys Kamera.

*Margaret und eine uns nicht bekannte Freundin
führen die neueste Mode vor.*

*Henry Angel und Red Upshaw sitzen auf der
vorderen Veranda von Henrys Heim.*

Maybelle Mitchell, die am selben Tag
zu einer früheren Stunde Blumen schneidet.
Es ist eines der letzten Photos vor ihrem Tod.

Margaret verließ Atlanta, um ihr erstes Studienjahr am Smith College in Northampton, Massachusetts, zu beginnen. Courtenay blieb in Atlanta und besuchte eine kaufmännische Fachschule. Im Herbst 1918 erlitt Margaret einen Schlag, der ihr das Herz zerriß. Sie bekam die Nachricht, daß Clifford Henry, einer ihrer Verehrer, am 16. Oktober in Frankreich gefallen war. Bald darauf, im Januar 1919, traf es sie noch viel härter. Ihre Mutter Maybelle Mitchell war an der Spanischen Grippe gestorben. Margaret fuhr nach Hause und fand ihren Vater fast außer sich vor Kummer. Sie versuchte auf das Smith College zurückzukehren, verließ es aber nach dem ersten Jahr endgültig. Sie schien das Gefühl zu haben, daß ihr Platz bei ihrem Vater war und sie sich um den Familiensitz kümmern mußte. Es war ein Entschluß, den sie später als bittersüß empfinden sollte.

In dieser Zeit war Henry Angel bei der Armee und südlich von Atlanta in Camp Benning stationiert. Er durchlief schnell die unteren Ränge und wurde im April 1919 zum Sergeant[21] befördert.

*Henry und ein uns nicht bekannter Kamerad
ruhen sich von ihrem Dienst im Wagenpark
der Transportdivision aus.*

Soldat Angel posiert auf dem Exerzierplatz.

Gefreiter Angel stellt auf dem Gipfel des Stone Mountain, Georgia, stolz seine Uniform zur Schau.

Die Armee tat Henry gut, und er wurde im Kreis von Margarets Verehrern zu einem selbstbewußten Mitbewerber. Er kam im Urlaub nach Hause, um Margaret zu sehen, und bemühte sich in dieser Zeit genauso – wenn nicht mehr – wie alle anderen um ihre Zuneigung.

Der Krieg wurde in den letzten Monaten des Jahres 1918 beendet, aber Henrys Militärzeit endete erst 1919.[22] Nach seiner ehrenhaften Entlassung kehrte er nach Atlanta zurück und lebte bei seiner Mutter und seinem Stiefvater Dewey Dewitt (bekannt als D.D.) Summey.

Der vor kurzem mit einem Orden ausgezeichnete Sergeant Angel mit seiner Mutter Carrie und Stiefvater D.D. Summey

Henry Angels stolze Eltern haben nun die Kamera auf Margaret Mitchell gerichtet, um sie am Arm des gutaussehenden Sohnes zu photographieren.
Man hat den Eindruck, als wolle Margaret die Aufmerksamkeit auf den Ring an ihrem Ringfinger lenken.[23]

Während des Sommers 1919 und in den beiden nächsten
Jahren fuhren Margaret, Henry und ihre Freunde häufig
mit dem als »Belle« bekannten Zug von Atlanta zu
einem Ort namens Shadowbrook Farm in der hügeligen
Landschaft von Suwanee, Georgia. Shadowbrook Farm[24]
gehörte einem Freund der Familie, dem in Atlanta
praktizierenden Anwalt Victor Lamar Smith. Smith besaß
etwa 400 Hektar ererbten und erworbenen Landes,
von dem ein Teil an die Eisenbahnlinie Southern Railroad
grenzte.[25] Ein großes, etwa drei Meter hohes Holzschild
kennzeichnete seine private Zugstation. Für Margaret und
ihre Freunde, die gern wanderten, schwammen, ritten
und der Stadt entflohen, war es ein sehr beliebtes
Ausflugsziel. In Shadowbrook fanden viele »Hauspartys«
(wie man sie damals nannte) statt, aber für Damen aus
den Südstaaten nicht ohne Anstandsdame. Bei Margaret
und ihren Freundinnen waren Hauspartys überaus
beliebt, denn sie boten eine Menge Spaß, gutes Essen und
gesellschaftlichen Umgang. Die nächsten Bilder zeigen
eine solche Party irgendwann im Spätsommer. Um diese
Zeit begann Margaret ihre Freundin Courtenay zu verdäch-
tigen, daß sie möglicherweise beabsichtigte, mit ihrem
Verlobten Bernice »Mac« McFadyen durchzubrennen,
doch statt dessen trat Courtenay im September in die
Kunstakademie in New York ein.

Margaret Mitchell, Mac McFadyen und Courtenay Ross
(von links nach rechts)
bei einem Aufenthalt auf der Shadowbrook Farm,
photographiert von Henry Love Angel

Henry Love Angel, Margaret und Mac McFadyen,
photographiert von Courtenay Ross.
Man achte auf das juwelenbesetzte Pistolenhalfter,
das Henry sich um das Bein geschnallt hat.

*Jetzt handhabt Mac Henrys Photoapparat.
Henry und Margaret stehen Arm in Arm, während Henry
Courtenay eine Butterblume unters Kinn zu halten scheint.
Man achte auf den Ring an Margarets Ringfinger;
vielleicht ist es der, den Henry ihr gegeben hatte und den sie
später zurückgab.*

*Sein geliebtes Gewehr haltend, kniet Henry neben
Margaret Mitchell, die auf dem Rohr sitzt.
Neben ihr der Besitzer der Shadowbrook Farm Victor Smith.
Hinter ihm (auf der rechten Seite) stehen Courtenay Ross
und Mac McFadyen. Hinter dem Zaun (von links nach rechts)
stehen Henrys Freund Skeet, eine uns nicht bekannte
Anstandsdame und Dave Hiscox, der offenbar zusieht, wie
Courtenay mit Dot Havis (mit weißem Hut) scherzt.*

Freunde beobachten, wie Margaret Mitchell
Henrys Waffe für Zielübungen lädt.
In der Ferne sieht man die Getreidefelder der Farm.

*Skeet zielt mit der Handfeuerwaffe, während
Henry und Dave darauf warten, bis sie an der Reihe sind,
ihre Treffsicherheit zu testen. Es war für
Durchschnittsbürger, besonders für solche, die aus dem Krieg
zurückgekehrt waren, nicht ungewöhnlich, eine Waffe
zu besitzen und ihre Geschicklichkeit zu prüfen.*

*Bester Laune sitzen Henry Love Angel und Margaret Mitchell
vor dem Farmhaus von Shadowbrook auf einem Muli.
Eine unbestätigte Geschichte berichtet, daß Margaret und einige ihrer
Freunde in alter »Knallt sie ab«-Wildwestmanier
in die kleine Stadt Buford, Georgia, einritten und
ein ziemliches Chaos anrichteten.*

*Reiterin Margaret Mitchell (Mitte)
mit den Freundinnen Courtenay Ross und Helen Turman.
Links hinter Helen erkennt man ein Pferd.*

Margaret posiert im Reitanzug für Henry.
Zu diesem Zeitpunkt trägt sie noch einen Ring
am linken Finger.

Man schrieb das Jahr 1920, es war der Anfang des neuen »Alles ist möglich«-Jahrzehnts, das als die »Roaring Twenties« oder das Zeitalter des Jazz berühmt werden sollte. Es kennzeichnete auch den Beginn der Prohibition, mit Gin aus der Badewanne, Flüsterkneipen, Vamps, Flappers [26], schießwütigen Gangstern und Alkoholschmugglern. Henry Love Angel badete in der Sonne von Margarets Aufmerksamkeit. Seit er das Militär verlassen hatte, hatte er bis zum Spätsommer, als er nach Shadowbrook zog, nur wenige Blocks von Margaret entfernt gewohnt. Margarets Briefe, die Henry aufhob, datieren von da an bis zu ihrer Rückkehr von der Hochzeitsreise im September 1922.

Der erste Brief stammt aus diesem Sommer,
vermutlich aus der Zeit, als sie nach einem
Unfall beim Schwimmen den Fuß in Gips hatte.
Er ist nicht datiert und wurde
ohne Umschlag gefunden.

> Angel, mon cher –
> Please, if you haven't any thing to do, tonight, go out to the Inn. tonight and ask for Dorothy Orr or Mrs. Bob Smith and tell them you are the "Barker" I spoke of. Please make it plain to them how I hate not to be able to come and dance but honestly, old dear, as I'm feeling a little better

it would be foolish for me to
jeopardize any chances of
recovery. You will explain
how sorry I am, won't you? I
know they could shoot my
feet but I can't help it. I
ought to go down there this after noon and see if there is
any thing I can lend them, in
way of pillows, costumes, victrola
etc but I can't go in this rain.
You lay it on thick for
me — won't you?

I'm sorry I couldn't talk to you, this Morning but I know you understand. I don't know when I can call you, as I am trying very hard not to climb the steps. So I'm writing you instead. I feel great as long as I lie flat, so I know you wouldn't ask me to get up.

Henry, do you know if your Mother has cut out the Chiffon Waist I left with her? I've read up every thing in the house and sewed up every thing too, so I'd just love to have it to sew on, if she's cut. Iron it and the little chiffon skirt too. Helen is coming, so I must stop — This is great to tell you I'm thinking of you.

Fay

Angel, Mon Cher –

wenn Du heute abend nichts zu tun hast, geh bitte ins *Sem.*, und frag nach Dorothy Orr oder Mrs. Bob Smith, und sag ihnen, Du seist der »Friseur«, von dem ich gesprochen habe. Bitte erklär ihnen, wie schrecklich ich es finde, daß ich nicht selbst kommen und tanzen kann. Aber ehrlich, mein Alter, da es mir ein bißchen bessergeht, wäre es unklug, meine mögliche Genesung zu gefährden. Du wirst ihnen doch erklären, wie leid es mir tut, oder? Ich weiß, sie könnten mir den Kopf abreißen, doch ich kann nicht anders. Ich sollte heute nachmittag hingehen und fragen, ob ich ihnen etwas leihen könnte, Kissen, Kostüme, mein Victrola[27] und so weiter, aber bei diesem Regen kann ich nicht gehen. Du wirst schön dick auftragen – mir zuliebe, ja? Es tut mir so leid, daß ich heute morgen nicht mit Dir sprechen konnte, aber ich weiß, daß Du es verstehst. Wann ich Dich anrufen kann, weiß ich nicht, denn ich strenge mich sehr an, nicht die Treppe hinaufzusteigen. Also schreibe ich Dir statt dessen. Solange ich flach auf dem Rücken liege, fühle ich mich großartig, deshalb weiß ich, daß Du mich nicht bitten würdest, aufzustehen.

Henry, weißt Du zufällig, ob Deine Mutter die Chiffonweste zugeschnitten hat, die ich bei ihr gelassen habe? Ich habe alles im Haus gelesen, was es zu lesen gab, und auch alle Näharbeit gemacht. Ich würde die Weste schrecklich gern nähen, wenn sie sie schon zugeschnitten hätte, die Weste und auch den kleinen Chiffonrock.

Helen[28] kommt gerade, deshalb muß ich Schluß machen. Ich wollte Dir ja auch nur sagen, daß ich an Dich denke.

Peg

Um diese Zeit begann Margaret Mitchell sich »Peg« oder »Peggy« zu nennen; diesen Namen hatte sie sich während ihrer Collegezeit im Smith zugelegt. Die Namensänderung war bezeichnend für sie, und Margaret Mitchell in Anerkennung dieser Tatsache in dieser Einführung »Peggy« zu nennen, erscheint angemessen.

Im Spätsommer trafen sich Peggy Mitchell, Henry und ihre Freunde auf der Shadowbrook Farm; das Treffen sollte, ein wenig berüchtigt, als »Hausparty Nr. 3« bekannt werden. Bei dieser Gelegenheit sieht man Peggy auf einem Photo (s. unten) in einer gestohlenen Jungenhose; es heißt, sie habe für die Unterhaltung der Clique gesorgt, indem sie Teile einer Erzählung als Theater aufführte.[29] Es war ein denkwürdiges Ereignis, das in vielen Sammelalben unsterblich wurde: Alle, die dabei waren, bekamen Abzüge von Henrys Negativen. Seine Photographien beweisen deutlich, wie glücklich er und Peggy miteinander waren.

*Peggy Mitchell balanciert mit Henry Love Angel
auf den Gleisen der Southern Railroad. Man beachte, daß Henry sich
ein Taschentuch um den Kopf gebunden hat und in seiner Tasche
eine Handfeuerwaffe steckt.*

*Henrys Liebe und Ergebenheit für Peggy waren kein Geheimnis.
Um ihre Hand anzuhalten war inzwischen schon so zur
Gewohnheit geworden, daß es für beide nicht mehr ohne einen
gewissen Humor abging. Bei diesem Heiratsantrag,
der für die Kamera gestellt wurde, mimt Peggy Zustimmung,
als Henry ihr einen Ring über den Finger streift.
Die Bildunterschrift im Album einer Freundin lautet:
»Angel hält zum tausendsten Mal um Peggys Hand an.
Könnt ihr die Antwort erraten?«[30]*

Die Clique[31] *bei der Hausparty Nr. 3.*
Henry und Peggy (stehend) blicken auf ihre Freunde hinunter:
(hintere Reihe, von links nach rechts)
Frances Brown, Phyllis Wilkins, Miss Hitchcock;
(liegend) Skeet und Dot Havis; (mit Brille) Jimmy Reese;
(daneben von links nach rechts)
Ginny Johnson, Harry Hallman, Edythe Davis und Dave Hiscox.
Mit Ausnahme von Mitchell arbeiteten mehrere der Frauen
gemeinsam im War Office.

*Mitchell und Henry liebten es, vor der Kamera
dramatische Szenen aufzuführen. Hier scheinen die beiden bekannte
Stars aus der Stummfilm-Serie* The Perils of Pauline
*zu imitieren. Hier Szene I einer solchen Vorführung:
Peggy rutscht neben dem Bahngleis in eine Schlucht hinunter,
um ihren Hut zu holen.*

Szene II:
Henry eilt zu ihrer Rettung herbei.

Szene III:
»Peggy in Gefahr« – kurz vor dem glücklichen Ende.
Fred Hubbell reicht Peggy die Hand, und Frances Brown sieht zu.

Mr Henry L Angel
℅ W. J. Sunmry
431 Piedmont Av
Atlanta Ga

9.10 P.M.
En route Hendersonville

Well, Angel, I'm off at last — two groaning suit cases, our million golf clubs (not mine, I'm taking them up to the girl I'm staying with,) a rain coat, bushel of magazines and my own unimportant little self. W.B and court were to come down and see me off but either I got on before they arrived or else he, "for various reasons," was unable to fill his date. Do you

*Im August reiste Peggy Mitchell mit dem Zug
nach Kanuga Lake, North Carolina,
wo sie zwei beachtenswerte Briefe schrieb,
die sie in einen Umschlag steckte.
Der Poststempel ist vom 24. August 1920.*

3 you the whole truth — simply because it wasn't "friendly," and it isn't in his nature to be plain "friendly!" Either he's been stringing me — or you — or you're holding out on me. Oh! well — it doesn't matter. Some day I'll get the straight of it!

Sorry I was so grouchy this afternoon — but you know friends have to suffer when friends act naturally — because it's on-ly around friends that you can act naturally. My nerves were about shot and that in itself annoyed me because I do loath these women who are always hav-

M. Mitchell
Kanuga Lake Inn
Hendersonville
N. C.

my "nerves" – don't you? Then that ornery date kept ragging me about being an "unbridled vamp" and that I'd "never realize what I was missing" I hated him for it but considering the mood I'v been in lately you must admit that I had a wee bit on my mind.
I'm going to turn in now – so "au 'voir". Be my good boy till I can get back and keep a maternal eye on you and don't get into trouble—
good night

"old dear"

21 Uhr 10
»Unterwegs nach Hendersonville«

Nun, Angel, ich bin unterwegs, mit mindestens zwei ächzenden Koffern, einer Million Golfschlägern (gehören nicht mir, ich bringe sie dem Mädchen mit, bei dem ich wohnen werde), einem Regenmantel, einem Haufen Zeitschriften und meinem kleinen, unbedeutenden Ich.
W. B. und Court wollten kommen und mir nachwinken, aber entweder bin ich früher abgefahren, als ich ursprünglich wollte und bevor sie kamen, oder er konnte aus »verschiedenen Gründen« seine Termine nicht einhalten. Weißt Du, daß ich hier gesessen und darüber nachgedacht habe, was Du den ganzen Sonntagabend getan haben magst – und ich habe mir auch überlegt, *warum* Du Dir so viel Mühe gemacht hast, die Information aus ihm herauszuholen, obwohl ich Dir, wenn Du mich gefragt hättest, alles gesagt hätte, was Du wissen wolltest. Außerdem, mein alter Liebling, ich bin mit dem, was Du, wie Du mir sagtest, *wirklich* aus ihm herausholen konntest, ganz und gar nicht zufrieden. Nein – ich behaupte nicht, daß jemand geflunkert hat, aber die Sache hat irgendwo einen Haken. Entweder hast Du mir nicht alles erzählt, was er gesagt hat, oder er hat Dir nicht die ganze Wahrheit gesagt, weil sie nicht »freundlich« war und es nicht seiner Natur entsprach, einfach »freundlich« zu sein. Entweder er hintergeht mich – oder Du –, oder Du verschweigst mir etwas. Nun ja, es ist nicht wichtig – eines Tages werde ich es herausbekommen.

Tut mir leid, daß ich heute nachmittag so griesgrämig war – aber wie Du weißt, müssen die Freunde darunter leiden, wenn andere Freunde sich natürlich benehmen, denn das kann man nur vor Freunden. Meine Nerven waren zum Zerreißen gespannt, und das an sich hat mich schon wütend gemacht, denn ich hasse Frauen, die ständig über ihre »Nerven« jammern – Du etwa nicht? Dann hat dieser unangenehme Mensch, mit dem ich verabredet war, mich dauernd mit seiner Behauptung geneckt, ich sei ein »ungeküßter Vamp« und wisse nicht, »was mir entgeht«. Ich habe ihn dafür gehaßt, aber wenn man die Stimmung bedenkt, in der ich letztens war, mußt Du zugeben, daß ich einige winzige Sorgen hatte. Ich gehe jetzt schlafen, also »au 'voir«.

Bleib mein braver Junge, bis ich wieder bei Dir sein und ein mütterliches Auge auf Dich haben kann, und halte Dich bloß aus Schwierigkeiten raus.

Gute Nacht,
»alter Liebling«

11.30 P.M.

I can't sleep, seems as if I'll go crazy lying here in the dark, listening to the click of the wheels. so you must suffer.

A while back, we stopped for a long time at a station, I don't know where. as I rolled over to look out the window, I spied something on the platform that made me sit up. It was an "over seas" coffin with an american flag draped over it. The station was very still, there

him or care — after he had come all that long way and given everything, I felt that I knew him, some

how and some thing in me
began to ache. The train wouldn't
go on. I law on my face and
tried to S the lucky ones — N'ext. ce-
but the [?] Thinking
ed — that pass? I guess if I hadn't been
and in a So on edge, it wouldn't have
as we it affected me so but things like
that will rip the lid off memo-
flapperies I thought I had botted up
by wa for ever. Forgive me my dear for
and I must talk to some one or else
private flirt with the porter (laugh and
I could yaller) I told you I was morbid
I gu and you wouldn't believe me —
wish you could see me now. I'm
going to indulge in a "wild" orgy
of "memory" now and there like
you and Virginia. Swear off for ever.

Pol Me Luck

23 Uhr 30

Ich kann nicht schlafen, hab irgendwie das Gefühl, verrückt zu werden, während ich hier im Dunkeln liege und dem Klicken der Räder lausche – also mußt Du leiden.

Vor einer Weile haben wir lange auf einem Bahnhof gehalten, ich weiß nicht wo. Als ich mich herumrollte und aus dem Fenster schaute, erspähte ich etwas auf dem Bahnsteig, das mich in die Höhe fahren ließ. Es war ein »Übersee«-Sarg, über den eine amerikanischen Flagge gebreitet war. Auf dem Bahnhof war es sehr still, nur eine einzige Lampe brannte auf dem Bahnsteig – direkt über dem Sarg –, und kein Mensch war in der Nähe. Ich saß im Dunkeln da, die Arme um die Knie geschlungen, und dachte an den Jungen. Ich fragte mich, ob er wohl eine Schwester hatte oder eine Mutter oder eine Liebste, und – ziemlich töricht – auch, ob er nicht ein bißchen einsam war und sich kränkte, weil niemand da war, um ihn abzuholen oder sich um ihn zu kümmern, nachdem er diesen langen Weg zurückgelegt und alles gegeben hat. Ich hatte das Gefühl, ihn zu kennen, irgendwie, und etwas in mir begann zu schmerzen. Der Zug fuhr nicht weiter. Ich legte mich aufs Gesicht und bemühte mich, alles zu verdrängen, aber das Bild blieb gegenwärtig – das Bild des Jungen, der nach Hause kam, und keiner war da.[32]

Nun, der Zug ist inzwischen weitergefahren, und als er zu rollen begann, flatterte im Fahrtwind eine Ecke der Flagge auf. Als Lebewohl, nehme ich an, und ich wünschte mir – oh, so verzweifelt –, weinen zu können, doch irgendwie konnte ich es nicht, denn schließlich sind vermutlich die Toten die glücklichen, n'est-ce pas? Ich schätze, wenn ich nicht so nervös gewesen wäre, hätte es mich nicht so stark berührt, aber solche Dinge bringen Erinnerungen gewaltsam ans Licht, die ich für immer fest verschlossen glaubte. Verzeih mir, Lieber, denn ich muß mit jemandem reden oder mit dem Dienstmann flirten (groß, breit, ein Neger, aber sehr hellhäutig). Ich habe Dir doch gesagt, ich bin überempfindlich, und Du wolltest es mir nicht glauben – ich wünschte, Du könntest mich jetzt sehen. Ich stürze mich in eine wilde »Orgie der Erinnerungen« und werde dann wie Du und Virginia [allem] für immer abschwören.

Wünsch mir Glück

Die Ansichtskarte zeigt ein »springhouse«[35] an einer Bergstraße im »Land des Himmels«.

Zur Melodie »Alice Blue Gown«

Als ich in meinem süßen kleinen Bad'anzug
die Rutsche runtersauste wie im Flug,
liebt' ich den Himmel und das Land,
denn alle guckten mir nach am Strand
und waren schockiert am laufenden Band.
Bin Sonntag oder Montag wieder zu Hause.
Hast Du meinen Brief bekommen?

   Peg

Ende September wurden Margaret (wie sie in Atlantas Gesellschaftskolumnen noch immer genannt wurde) und Courtenay in der Lokalzeitung in einem Bericht über die Debütantinnen der Saison 1920/21 erwähnt. Courtenay weigerte sich jedoch zu debütieren und gab statt dessen bekannt, daß sie plane, Lieutenant »Mac« McFadyen zu heiraten. Am 8. Oktober [34] fand ihr zu Ehren im Dirty Three Club eine Theaterparty statt, bei der Henry Love Angel und seine Freunde die Gastgeber waren.

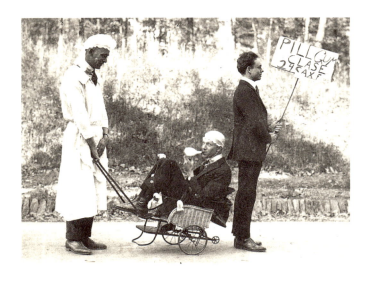

Henry Love Angel und seine Freunde sind übermütig.
Henry sitzt in dem Wägelchen.

Vier Tage nach dieser Party bekam Henry Angel von Courtenay die offizielle Einladung zur Hochzeit.
Die Trauung fand in der Episkopalkirche St. Luke statt. Dieser Gemeinde gehörte auch Henry an, und Margaret »Peggy« Mitchell, die katholisch getauft und erzogen wurde, sollte später nach dem Ritus dieses Glaubens heiraten und beerdigt werden.

Die Vermählung von Courtenay und Mac fand am 21. Oktober um zwölf Uhr statt, und Peggy war Brautjungfer. Das junge Ehepaar reiste für die Flitterwochen nach New Orleans und machte sich später per Schiff auf den Weg zu Macs neuem Standort im Südpazifik – zwei Orte, die vielleicht nicht zufällig in Mitchells Prosa eine Rolle spielen.

Es war die Saison der Debütantinnen, und »Margaret« hatte einen großen Auftritt. Aber »Peggy« hatte es ziemlich satt, vorgeführt zu werden, und bat Henry in einem Eilbrief mit Poststempel vom 5. Februar 1921, es ihr und ihrer Freundin Helen Turman zu ermöglichen, ihn in Shadowbrook zu besuchen.

Friday P. M.

Sister, my dear, Helen just called
up wanting to go up with me but
wanting to know about chaperones.
I had to tell her that I didn't know.
I can't come up till we get "chapped". ork in
I never wanted to go any where so much   please
in my life, so please tell Mr. Smith   an come
to drag in some rag and Tom and   Mrs.
Hanker hair for us. If you can get   lad's cousin
one, my dear, we'll come up on the 5 A.M.   withd
Monday Morning. Could you let me   day.
know as soon as you get this whether   glad
we can come? Phone, special, or Wire.
Naturally Helen wants to know so she

Started him in on our _____ was rather silly. I had
may you feel about going "also" None
I had just recollected that I would be
ogs!
Any my. I'm up stairs in the cold and ord

I'd rather freeze than wrangle where there
is no cause for gain.

Please, my dear, see if you can't fix it. I'm
pretty tired and a little sick, too, and I
should hate to come up. Give Mr. Smith my love.
I'll sheer not to flirt too hard with any
buxom cou[ntry ladies] but to save his
flirts till we brit the room is freezing. I am going to bed
kiss him i to keep warm. I'm not ?ictly up to scratch
Don't ge so a little sleep won't hurt. T. J. sends his
care if you best to you and Red wishes you luck. I
brick you miss you — "beaucoup."
health is a
appreciate Let me know without delay pleas,
that bra if it will be convenient for Mr. Smith to
"un peu" have us up on Monday morning — will
body — you?
I come 'S mor
worries a Peg —
dar.
I

Freitag nachmittag

Hör zu, mein Lieber. Helen hat eben angerufen. Sie möchte mich begleiten, will aber wissen, wie es mit den Anstandsdamen steht. Ich mußte ihr sagen, daß ich's nicht weiß. Ich kann nicht kommen, solange wir keinen »Anstandswauwau« haben.

In meinem ganzen Leben habe ich mir noch nie so sehr gewünscht, irgendwohin zu fahren. Also bitte sag Mr. Smith, er soll irgendeine Vogelscheuche für uns auftreiben. Wenn Du eine besorgen kannst, mein Lieber, treffen wir am Montag um fünf Uhr morgens ein. Gibst Du mir *sofort* Bescheid, ob wir kommen können? Ruf an, oder schick ein Telegramm. Natürlich möchte Helen Bescheid wissen, damit sie für den Fall, daß wir nicht kommen können, für die nächste Woche etwas planen kann. Was mich angeht, sorg um Gottes willen dafür, daß ich kommen kann.

Später (in meinem Zimmer – Temperatur null Grad). Das Telefon klingelte. Es war Dads Kusine, die ich seit

Jahren nicht mehr gesehen habe. Sie hat uns alle zu einem Familientreffen am Donnerstag eingeladen. Dad hat die Einladung für uns angenommen, also sagte ich, ich ginge gern mit und käme deshalb in die Stadt zurück. Ich hätte gedacht, damit sei alles erledigt.

Aber er meinte, wenn ich nicht käme, würden sie mir das nie verzeihen – worauf ich sagte, das sei doch albern. Worauf er eine seiner »Wenn-du-so-darüber-denkst-Predigten« anfing – obwohl ich doch eben erklärt hatte, ich ginge gern mit.

Auf jeden Fall sitze ich jetzt oben in der Kälte, aber ich will lieber erfrieren als streiten, wenn bei dem Streit nichts herauskommt.

Bitte, mein Lieber, sieh zu, daß Du jemanden findest und wir kommen können. Ich bin ziemlich müde, und ein bißchen übel ist mir auch. Und ich käme so gern. Grüß Mr. Smith recht herzlich von mir. Sag Skeet, er soll nicht allzu heftig mit den drallen Landmädchen flirten, sondern seine Flirts aufheben, bis wir kommen, und vielleicht werden wir ihn sogar küssen, wenn er ein braver Junge ist.

Fühl Dich nicht zu einsam, lieber Junge, und paß auf Dich auf. Denk daran, daß jeder feste Baustein, den Du dem Fundament Deiner Gesundheit hinzufügst, mir zugute kommt und ich sehr froh darüber bin, auch wenn ich vielleicht nicht darüber spreche. Iß *beaucoup* [viel], und schlaf »beaucoup« – trainier *»un peu«* [ein bißchen], und mach Dich von allen Sorgen frei – wenn nicht um Deinet-, dann um meinetwillen. Wenn ich hinaufkomme, möchte ich alle meine Sorgen beiseite schieben und die von allen anderen auch. Bitte hilf mir.

Ich weiß, das ist ein sehr konfuser Brief, aber das Zimmer ist eiskalt, und ich gehe ins Bett, um mich zu wärmen. Ich bin nicht in der richtigen Stimmung, um zu schreiben, und ein bißchen Schlaf wird mir nicht schaden. D. J. schickt Dir die besten Grüße, und Red wünscht Dir Glück. Ich vermisse Dich – »beaucoup«.

Laß mich bitte umgehend wissen, ob es Mr. Smith paßt, daß wir am Montag morgen kommen, ja?

Immer Deine Peg

Am 1. März 1921 tanzte Margaret sich buchstäblich in die Nachrichten. Sie und ihr Tanzpartner, ein Student der Technischen Hochschule Georgia namens A. S. Weil, schockierten die Zuschauer bei einem von einer Debütantin gesponserten Wohltätigkeitsball mit einem wilden, schlüpfrigen Tanz, der mit einem langen Kuß endete.

*Margaret Mitchell führt die Kleidung vor,
in der sie ihren berüchtigten Apachentanz darbot.*[35]

Sie hatten den Tanz dadurch zur Perfektion gebracht, daß sie sich immer wieder den Film *Four Horsemen of the Apocalypse* (Die vier apokalyptischen Reiter) angesehen hatten.

Die würdigen älteren Damen der Gesellschaft in Atlanta waren über diese Darbietung entsetzt, und Margaret mußte in diesen Gesellschaftskreisen teuer dafür bezahlen. Ein paar Monate später wurde sie aus der Atlanta Junior League ausgeschlossen.

Die Ironie bei der Geschichte war, daß der Debütantinnenball im Georgian Terrace Hotel stattfand, wo Mitchell vierzehn Jahre später dem Lektor des Macmillan-Verlags, Harold Latham, das Manuskript ihres Romans *Vom Winde verweht* übergeben würde und wo die Filmstars Clark Gable und Vivian Leigh wohnten, als sie 1939 zur Premiere des Films nach Atlanta kamen.

Monday A.M.

My dear –

Excuse the paper, but it is the only kind in the house. I have been unusually busy since you left, which is probably the best thing that could have happened to me. We had so short a time to practice this dance that we have brought it every afternoon and night with about one day's recession. It comes off on Tuesday and I will certainly be glad. Thurs. night after practice I am so tired that I just can crawl in to bed. I think I am feeling a little better – certainly I'm looking better. I don't know any more about G.L. Junior than when you left but I haven't had time to think of it really.

I saw your mother the other day and she showed me your card. I wish I could have been at the dance – probably I would have appreciated the "vast difference" very much. Thanks for your card too.

Do you remember speaking of an experiment I sort of did? Well, do you remember he said "treatment" no only had once? Do you understand? I'll tell you more later. Also, it didn't appeal to me particularly.

Are you being better, dear? I hope you are and I trust you to make every effort to come up to the physical standard you had for the army. Probably, if the salt things are still in operation, you very don't lack for some thing to do. The doc said for you – very pleased with your ears – that I am sending the salts and also the ?? I can't find the pictures but will try to find them later.

Give my love to Scott and Mr. McCon and "Uncle Victor" – also to you.

xxx

P.S. I need a refill.

— may that – so will it. If I hear will crown of lead pipe

last time I — your of worst of all let fly so hard that with out it Monday. With ? Wild. I ? and ? – draw on how just about it. your me my of — of ? prob the B sync your dear mum pictures

Montag morgen

    Mein Lieber –

entschuldige das Papier, aber im Haus gibt es kein
anderes. Seit Du abgefahren bist, habe ich unmenschlich
geschuftet. Was wahrscheinlich das beste ist, was mir
passieren konnte. Wir hatten so wenig Zeit, diesen Tanz
zu üben, daß wir jeden Nachmittag und Abend damit
zugebracht haben – einen einzigen Tag ausgenommen.
Dienstag ist es dann soweit, da bin ich vielleicht froh!
Nach der Probe bin ich abends immer so müde, daß ich
nur noch ins Bett kriechen kann. Ich denke, es geht
mir ein bißchen besser. Auf jeden Fall sehe ich besser aus.
Über V. L. Junior weiß ich auch jetzt noch nicht mehr
als bei Deiner Abreise, aber ich hatte auch keine Zeit,
daran zu denken.

    Neulich habe ich Deine Mutter getroffen, und sie hat
mir Deine Karte gezeigt. Ich wünschte, ich hätte bei dem
Tanz dabeisein können. Wahrscheinlich hätte ich mich

über den »riesengroßen Unterschied« sehr gefreut. Dank auch für Deine Karte.

Erinnerst Du Dich, daß Du mit jemandem über irgendein »Experiment« gesprochen hast? Nun, dann denk bitte dran, daß besagtes »Experiment« bisher nur einmal versucht wurde. Verstehst Du? Später erzähle ich Dir mehr. Es hat mir auch nicht sonderlich gefallen.

Geht es Dir besser, Lieber? Ich hoffe es und flehe Dich an, Dich nach Kräften anzustrengen, damit Du körperlich bald wieder so leistungsfähig bist wie bei der Armee. Wenn die Salzbergwerke noch in Betrieb sind, bist Du wahrscheinlich ausreichend beschäftigt. Der Arzt hat gesagt, er sei mit Deinem Herzen sehr zufrieden – es habe wieder zu seinem normalen Rhythmus zurückgefunden, also tu nichts, was es überanstrengen könnte. Sollte ich erfahren, daß Du Dich erkältet hast, kriegst Du von mir eins aufs Dach. Ja, wirklich – und zwar mit einem Bleirohr, denn dann hättest Du nichts Besseres verdient.

Ich war so stolz auf Dich, als ich Dich das letzte Mal sah. Stolz auf Deine Liebe, Deinen Mut, Deinen Verzicht und vor allem auf Dein Selbstvertrauen. Verlier es nicht, mein Lieber. Ich habe so hart darum gebetet, denn ohne dieses Selbstvertrauen bringt man nie viel zuwege. Solange Du es Dir bewahrst und Arbeit hast, liegt die ganze Welt vor Dir. Solltest Du jemals den Mut und das Selbstvertrauen verlieren, dann hol sie Dir von mir zurück. Denn ich glaube an Dich. Sei einfach Du selbst. Setz Dir ein Ziel, und geh schnurstracks darauf zu.

Habe ich gepredigt? Verzeih mir, mein Lieber. Ich habe eine komische Art, gelegentlich zu moralisieren, nicht wahr? Vermutlich weil ich will, daß Du Erfolg hast und stark und zuversichtlich bist.

Ich schicke dieses Bild vom Salzbergwerk; das Badebild kann ich nicht finden, aber ich will versuchen, es später zu schicken.

Grüß Skeeter und Mr. McCrea und »Onkel Victor«, und sei selbst lieb gegrüßt!

Peg

P.S. Ich brauche neue Reserven.

*Irgendwann bekam Henry doch noch sein Photo
mit Peggy im Badeanzug.*

Im August wurde Peggy mit Verwachsungen im Darm ins Krankenhaus eingeliefert. In einem Brief, den sie einer alten Freundin aus dem College schrieb, verrät sie mehr über ihre Gefühle für Henry und ihre anderen Verehrer:

»... Und nun zu den Leuten, die an jenem denkwürdigen Abend in meinem Zimmer im Saint Joseph's [Hospital] waren; zu meinem Kummer muß ich gestehen, daß von den fünf niemand zu meiner Familie gehörte. Einer war Lt. Jimmy Howat – der sich ohne Erlaubnis von der Truppe in Camp Benning entfernt hatte; Nr. 2 war »der Engel« [Henry Angel]; (ich glaube, ich habe Dir vor Urzeiten etwas über ihn geschrieben – als Du mir vorgeworfen hast, daß ich zu viele Jungen küsse – und Dir erzählt, daß ich ihn geküßt habe, weil er mir gesagt hatte, ich hätte ihm geholfen, »den Schnaps und die wilden Weiber« aufzugeben); Nr. 3 war ein kleiner Doktor, der während des Krieges bei der britischen Kavallerie gedient hatte – ein boshafter kleiner Teufel; Nr. 4 war Red Upshaw, ein Exbewohner von Annapolis und Exmitglied der Uni-Footballmannschaft von Georgia – und zugleich der Ex-Liebhaber von Court. Ich habe ihn vor anderthalb Jahren geerbt; Nr. 5 war Winston Withers, Vieh-Rancher aus der Prairie von Alabama – ebenfalls ein Erbstück.

... Nein, meine Leute waren nicht hier, weil ich eigentlich keinen Besuch bekommen durfte, da ich ziemlich krank und mit Morphium vollgepumpt war. Ich hatte nicht gewußt, daß die Jungs in die Stadt kommen wollten, bis sie auftauchten und irgendwie die Schwester bestachen, damit sie sie hereinließ. Keiner hatte gewußt, daß die anderen kamen, daher wurde es eine Art Überraschungsparty für alle ... Du mußt wissen, daß Jimmy und Red sich nicht besonders mögen, aber eine gemeinsame Feindschaft gegenüber Angel schweißt sie zusammen. Der kleine Doktor verschont niemanden mit seiner Ironie, außer Angel, und Winston, Gott segne ihn, ist jedermanns Freund. Du siehst also, Al, das war wirklich eine Party ... Ich bestätige jetzt und hier, daß ich diese fünf Männer nicht belogen habe – noch habe ich sie in irgendeiner Weise getäuscht. Jeder weiß haargenau, wie er zu mir steht und auch wo die anderen stehen. Wenn ich Red zum Abschied küsse, [wenn] er für ein paar Monate fortgeht, wissen die anderen davon und umgekehrt.

... Ich habe mich bei allen dafür bedankt, wie sie mir geholfen und mich während der letzten sechs Monate immer wieder aus der Patsche gezogen haben. Winston hat die Gruppe als »Leidensgenossen, die sich zu einem gemeinnützigen Zweck hier zusammengefunden haben« bezeichnet und mich gefragt, ob ich einer Entscheidung nähergekommen sei. Ich sagte nein und daß ich sie alle liebe und zu schätzen wisse, was sie für mich getan haben, aber keinen von ihnen heiraten könne.[36]

Das schien sie nicht besonders traurig zu stimmen, denn sie stellten den Antrag, mich zur »Gemeinschaftsverlobten« zu wählen. Der Antrag wurde unterstützt und angenommen, und die fünf gaben mir einen Gutenachtkuß – zu meinem größten Vergnügen und zum großen Entsetzen der Krankenschwestern ...«

Henry war wieder in die Stadt gezogen und hatte Arbeit in einer Apotheke gefunden. Peggy schickte ihm in ihrer Genesungszeit einen Brief. Er ist nicht datiert und steckte in einem nicht adressierten Umschlag, was die Vermutung nahelegt, daß er eigenhändig von einer Freundin überbracht wurde.

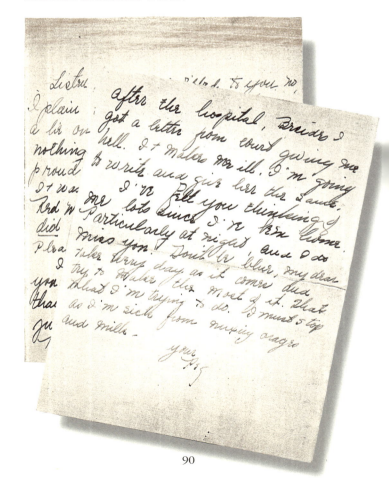

Hör zu, alter Liebling, ich habe Dich angeschwindelt. Nein, ich habe ganz einfach gelogen, und die Lüge lastet auf meinem Gewissen. Es geht um nichts Großes, und ich bin ziemlich stolz auf unseren »Wahrheitsrekord«. Es ist wegen des Witzes, den Du Red W. erzählt hast, weißt Du noch? Nun, er *hat* ihn mir erzählt. Deshalb bin ich eine Lügnerin. Bitte verzeih mir.

Ich wollte Dir schreiben, aber seit ich wieder zu Hause bin, fühle ich mich mieser als mies. Scheine einfach keinen Schwung zu haben.

Übrigens ist es nach dem Krankenhaus verdammt einsam um mich. Außerdem habe ich einen Brief von Court bekommen, in dem sie mir die Leviten liest. Das macht mich krank. Ich werde ihr schreiben und es ihr mit gleicher Münze heimzahlen.

Ich habe gespürt, daß Du viel an mich denkst, seit ich wieder zu Hause bin, besonders abends, und Du fehlst mir sehr. Sei nicht trübsinnig, mein Lieber. Nimm jeden Tag, wie er kommt, und versuch das Beste daraus zu machen. Das versuche ich auch. Ich muß aufhören, mir ist schlecht, weil ich geraucht und dazu Milch getrunken habe –

Deine Peg

Thursday
P.M.
12:30

Henry dear — I called and called you tonight and then made Dr Morris take me up to North Ave to buy a tooth brush in hopes of seeing you. But you weren't there. I'm terribly sorry for I wanted to see you before I left. It is aft— ... and I
st— ...
I

Mr. Henry Angel
3 West 16th St
City

ATLANTA
SEP 16
3 PM
1921
GA.

[15. September 1921]
Donnerstag, 0 Uhr 30

Lieber Henry – heute abend habe ich Dich angerufen und angerufen und mich dann von Dr. Morris in die North Avenue fahren lassen, um mir eine Zahnbürste zu kaufen, weil ich hoffte, Dich zu sehen. Aber Du warst nicht da. Ich bin sehr traurig, denn ich wollte Dich vor meiner Abreise noch sehen. Es ist jetzt nach Mitternacht, und ich muß meine Sachen noch packen. Weil ich um fünf Uhr aufstehen muß, schreibe ich nur kurz, Schatz. Wenn Du Ed Cooper siehst, richte ihm von mir aus, er soll gefälligst aufhören, den Leuten zu erzählen, daß Red und ich bald heiraten wollen. Das stimmt nämlich nicht, und ich weiß seine Bemühungen zu meinen Gunsten verdammt wenig zu schätzen.

Henry, sie haben nicht gewußt, welche Größe Deine Kodak braucht, und ich konnte keinen Film bekommen. Ich schicke Dir genug für drei Rollen – sobald ich meine Adresse weiß, und könntest Du mir auch ein paar einzelne 320er schicken – nicht viele. Henry, ich danke Dir, daß Du mir Dein 22er angeboten hast, aber ich weiß, was es Dir wert ist, und ich würde verrückt, wenn etwas damit passieren würde.

Wünsch mir Glück, mein Lieber. Ich werde mich sehr bemühen und versuchen, ein letztes »come back« zu inszenieren.

Liebe Grüße an Dave und Deine Mutter –
und auch an Dich. Peg

Einige von Margaret »Peggy« Mitchells Briefen an Henry Love Angel lösen keine Rätsel, sondern schaffen neue. Was war Mitchells »Comeback«? Wohin ging oder fuhr sie, daß Henry ihr vorschlug, sein Gewehr mitzunehmen?

Im Frühling 1922 ist Peggy in Birmingham, Alabama. Anscheinend hat sie ein Volontariat bei den »Alabama News« angenommen, wo ihre Freundin Augusta Dearborn im Gesellschaftsbüro arbeitete. Dieser nicht datierte vier Seiten lange Brief, geschrieben auf Kopfbögen der »Birmingham News«, muß für Henry sehr schmerzlich gewesen sein. Sie teilt ihm darin mit, daß sie seinen Heiratsantrag nicht annehmen kann.

Henry dear —

My eyes have been giving me hell since arriving here. They really have me worried. I have purchased a green eye shade that I wear constantly but that doesn't seem to do much good. Wish you'd ask Doc Reed if there's any thing on God's green earth to do or take. It doesn't matter whether I use my eyes or not, I have the most blinding head aches. I've loaded up on empirins till Sue really afraid to take any more — only a enormous amount has any effect any way. I'd appreciate it.

[...] my eyes —

Henry could you call Susie and see if she has discontinued my Birmingham [News]? But tell her to do so — and also to forward any mail to me. Thanks

Peggy

Henry, Lieber –

meine Augen bereiten mir die Hölle, seit ich wieder hier bin. Sie machen mir wirklich Sorgen. Ich habe mir einen grünen Augenschirm [Augenblende] gekauft, den ich ständig trage, aber er scheint auch nicht viel zu helfen. Frag doch bitte Doc Reed, ob es auf Gottes grüner Erde etwas gibt, was man tun oder einnehmen könnte. Es ist egal, ob ich die Augen benutze oder nicht, ich habe quälende Kopfschmerzen. Ich bin so vollgepumpt [mit Aspirin], daß ich mich davor fürchte, noch mehr zu nehmen. Es wirkt ohnehin nur noch in einer riesigen Dosis. Ich wäre sehr froh, Lieber, wenn Du dem Doc Bescheid geben und mir dann schreiben könntest, was er gesagt hat. Ich dachte, die Abwechslung würde mir helfen, besser zu schlafen und alles, aber ich bin genauso wach wie eh und je.

Doch genug des Jammerns. Ich unterhalte mich gut. Augusta arbeitet bei dieser Zeitung, und ich habe nun die Verantwortung im Gesellschaftsbüro, weil sie nicht da ist. Gott sei Dank versucht sie nicht, mich einer so hektischen Betriebsamkeit auszusetzen, wie ich es in Atlanta mit ihr getan habe; es ist hauptsächlich eine Familiengeschichte (sie hat drei Brüder). Wir gehen aus, wenn wir Lust haben, leben aber meistens faul in den Tag hinein, was mir sehr gut paßt, da ich mich wegen meines Kopfes so dumm fühle.

Lieber, halte es mit dem Geldverdienen so, wie Du es für richtig hältst. Du weißt schon, was ich meine, oder?

Irgendwie habe ich ein schlechtes Gewissen, weil Du letzten Monat pleite warst, denn ein bißchen war ja ich dafür verantwortlich, nicht wahr? Ich und der Mann, der sich die 25 Dollar geliehen hat. Nun, Lieber, Geld ist schließlich nicht alles, obwohl es, weiß Gott, sehr viel bedeutet – doch Seelenfrieden und Selbstachtung bedeuten noch ein bißchen mehr, und, Lieber, wenn Du außer dem »schmutzigen« Geld (ich meine »schmutzig« nicht in einem üblen Sinn, Lieber, ich benutze das Wort nur, weil mir kein besseres einfällt) auch noch den Seelenfrieden und die Selbstachtung haben kannst, nun, dann nur zu! Ich will, daß Du glücklich bist, Lieber, und wenn Geld und das alte Leben mit Wein, Weib und Glücksspiel Dir ein gewisses Maß an Glück schenken, dann bin ich ganz dafür. Ich möchte Dich glücklich sehen, und Henry, wenn ich je sage, daß ich Dich liebe – oder genau dasselbe für Dich empfinde, Dich aber nicht heiraten kann, dann glaub mir bitte – *mir* und nicht irgendeinem Doc L oder Edwin L oder einem anderen Mistkerl, der die Nase in Dinge steckt, die ihn nichts angehen, und dessen einziges Motiv Neugier ist. Ich liebe Dich wirklich, altes Haus, und für mich bleibst Du mein Junge, solange Du mein Junge sein willst.

Ich muß aufhören, die Augen tun mir weh. Henry, könntest Du Susie anrufen und fragen, ob sie meine Sahnelieferung abbestellt hat. Wenn nicht, sag ihr, sie soll es tun – und außerdem die Post an mich weiterleiten. Danke.

Alles Liebe, Peggy

Obwohl Peggy Henry nicht heiraten wollte, machte es ihr nichts aus, von ihm Geld zu leihen, wie in ihrem nächsten, am 23. Februar 1922 gestempelten Brief deutlich wird. Darin finden sich Andeutungen, daß ihr liebender Verehrer wieder einmal auf ihre Bitten eingegangen ist und Peggys Kommentare zu seinem Heiratsantrag vielleicht ignoriert hat.

been so fond of in years and I'm still weak.

Thank you so much for the Card's stuff. It was good of you to special it. When you see the Doc - speak to him thusly (Boric acid does no good as the trouble...

needed it!) more than I would a hundred times that from any body else - no soft soap, dear. You are very sweet to me and it makes one very happy that there is somebody in the world like you that I can always depend on - for the little things of life and the big things too.

Give my love to your mother. Believe I'll be home next week if my head is no better. Write to me.
    love
        Peggy.

Lieber –

ich hätte Dir früher geschrieben, aber ich habe mit einer Fleischvergiftung plus dem C [Krämpfen] auf der Nase gelegen. Ersteres war nicht schlimm; ich hatte Aspik gegessen, der vierundzwanzig Stunden in einer Zinnpfanne gelegen hatte. Das letztere war schrecklich, Lieber – so schrecklich, daß ich Angst bekam und mich fragte, ob ich wieder gesund werden würde. So schlimm hatte es mich schon jahrelang nicht erwischt, und ich bin noch immer schwach.

Vielen Dank für das Zeug von Doc Reed. Es war lieb von Dir, alles einzeln aufzuführen. Wenn Du den Doc siehst, sag ihm, daß Borsäurelösung nichts nützt, da das Leiden nicht die Augen selbst betrifft.

Die Kapseln waren gut und haben die Schmerzen gelindert. Kalomel und Salze sind zwei Dinge, die mich zerreißen. Außerdem wären sie sehr unbequem, da ich so oft von daheim fort bin.

Jedenfalls sind die quälenden Kopfschmerzen so plötzlich vergangen, wie sie gekommen sind, und haben nur ein Gefühl dumpfer Benommenheit zurückgelassen.

Lieber, als ich den Erlös für den Schmuck bekam, wollte ich ihn Dir zurückschicken und Dir sagen, Du sollst Dir den Schmuck zurückholen, da ich weiß, wie sehr Du es haßt, ihn nicht mehr zu haben. Aber, mein Lieber, Gast zu sein ist kostspieliger, als ich dachte, und ich habe das Geld dringend gebraucht – also waren meine guten Vorsätze für die Katz'. Schatz, ich weiß es wirklich zu schätzen, daß Du's mir geschickt hast (obwohl Du es weiß Gott auch gebraucht hättest!), hundertmal mehr, als wenn es von jemand anders wäre – kein Süßholz, mein Lieber. Du bist sehr lieb zu mir, und es macht mich sehr glücklich, daß es auf der Welt jemanden wie Dich gibt, auf den ich mich immer verlassen kann – in den kleinen Dingen des Lebens, aber auch in den großen.

Grüß Deine Mutter. Ich glaube, ich komme nächste Woche nach Hause, wenn mein Kopf nicht besser wird. Schreib mir.

Alles Liebe,
Peggy

It's only a note to tell you ~~that~~ I'm coming home — and ~~that I~~ missed you.

Lois

F 5 87

Dear —
 I think I will be home Thursday on the afternoon train. O'ham has been lovely but I've missed the old town more than I thought I could.
 I have to go down and buy me some stockings so I'll have to close this

Kaum eine Woche später kündigt Peggy Mitchell in einem anderen Brief ihre Heimkehr an.

Der Poststempel zeigt den 1. März 1922, aber der Brief ist nicht datiert.

Lieber –

ich denke, ich komme am Donnerstag mit dem Nachmittagszug. In Birmingham war es sehr schön, aber ich vermisse die alte Stadt mehr, als ich es für möglich gehalten hätte. Ich will noch hinunter, um mir ein paar Strümpfe zu kaufen, also muß ich Schluß machen.
 Ich wollte Dir nur sagen, daß ich nach Hause komme – und daß Du mir gefehlt hast.

Alles Liebe,
Peggy

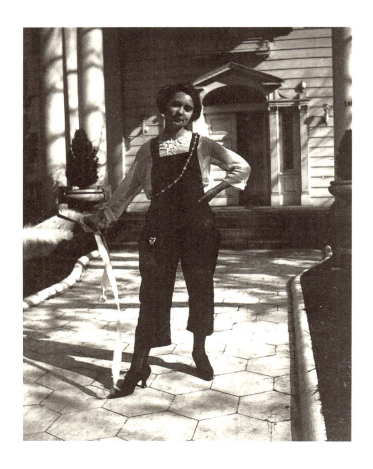

Die unerschrockene Margaret »Peggy« Mitchell posiert herausfordernd vor ihrem Heim in Atlanta.

Henry Angel und »Peggy« Mitchell
auf dem vermutlich letzten Photo, das sie gemeinsam zeigt

Der älter gewordene Henry Love Angel auf den Stufen,
die zum Haus der Familie Mitchell in der Peachtree Street führen

Peggy kehrte im Frühling 1922 nach Atlanta zurück.
Aber gegen Ende Juni war sie wieder in Alabama, zu Besuch auf einer »Plantage«, die ihrem Verehrer Winston »Red« Withers gehörte. Daß ihm die Zuneigung seiner ersten großen Liebe entglitt, muß für Henry schmerzlich gewesen sein. Mitchells nächster Brief beweist, daß sie sich seiner Leiden durchaus bewußt war. Er ist am 26. Juni 1922 um 17 Uhr 30 in Greensboro, Alabama, gestempelt, und auf der Rückseite des Umschlags steht:
MMM c/o W. R. Withers, Greensboro, Ala.

P.S. Falls Du diesen Brief von Court noch hast den ich
Dir vor einer Ewigkeit gegeben habe, zerreiß ihn bitte.

Samst., 24. Juni '22
Greensboro, Ala.

Mein Lieber –

bevor ich abreiste, habe ich mich gefragt, ob Du mir böse
bist und warum. Ich überlegte, warum Du mich nicht
angerufen und mir die Ergebnisse der Untersuchung
durchgegeben hast, die Doc Reed bei Dir vorgenommen
hat. Ich dachte, Du weißt, wie begierig ich war zu
erfahren, was bei Dir herausgekommen ist. Da Du mir
nichts gesagt hast, habe ich Dich ein wenig später von
Nunnelly's aus angerufen. Ich wollte Dich an diesem Tag
gern sehen, aber Du hast ziemlich merkwürdig daher-
geredet – irgendwie verlegen; und Du schienst mir auch
ganz und gar nicht darauf erpicht, mich zu sehen.
Also habe ich nichts gesagt, mein Lieber. Der Gedanke
war schmerzlich, daß Du glaubtest, es sei mir egal,
oder deine Gesundheit interessiere mich nicht, *das* ganz
besonders. Bevor ich abreiste, habe ich mehrmals versucht, Dich telefonisch zu erreichen, weil ich mit Dir lun-
chen wollte. Aber Du warst nie da – und schließlich sagte
ich mir, Du würdest mich schon anrufen, wenn Du Dich
mit mir treffen wolltest. An meinem Abreisetag habe
ich Dich mit einem Mädchen gesehen (ihr Gesicht konnte
ich nicht sehen, aber sie wirkte ziemlich attraktiv).

Ich habe Dich gerufen, aber Du hast mich nicht gehört, nehme ich an.

Bist Du böse auf mich? Oder haben Grace oder ein anderes Mädchen Dich so beschäftigt, daß Du mich vergessen hast? Oder glaubst Du, daß sich meine Zuneigung zu Dir auch nur im geringsten verändert hat, weil ich Red liebe? Ich möchte es wirklich wissen, mein Lieber, weil ich den Gedanken schrecklich fände, daß etwas zwischen uns steht.

Ich war so lange auf Reds Plantage, daß ich fett geworden bin. Es ist ein müßiges Leben. Und es ist so heiß wie im Schmelzofen, ich tue kaum etwas anderes als essen, schlafen und schwimmen. Ich wünschte bei Gott, reiten zu können, denn Red hat einige wunderschöne Pferde, aber Doc Reeds Ultimatum zum Thema Pferde war endgültig. Das tut mir aber ganz bestimmt gut, denn das ist seit zwei Jahren die längste Zeitspanne, in der ich frei von Leibschmerzen bin. Von hier aus fahre ich nach St. Simons, wo Augustas Schwester ein Cottage hat. Ich denke, wenn es so bleibt, werde ich bis zum Herbst wieder gesund sein – wofür ich unendlich dankbar wäre, mein Lieber. Red schickt Dir seine herzlichsten Grüße – wir haben an den vergangenen vier Abenden sehr viel über Dich gesprochen. Ob Du wohl an uns gedacht hast?

Wie wär's mit einem Brief, Lieber?

Alles Liebe,
Peggy

Henry hatte sich zwar nie vorstellen können, eine andere als Peggy zu heiraten, doch er fand sich allmählich damit ab; zu Beginn des Frühlings hatte er ein Mädchen kennengelernt, eine Telefonistin aus der Zentrale der Hemlock-Vermittlung namens Grace Rayfield. Mit der Zeit gelang es ihr, ihm das Herz zu stehlen.

Grace Augusta Rayfield

Im Juli reiste Peggy tatsächlich mit Augusta Dearborn auf die Insel St. Simon, aber Red Upshaw war auch dort. Wir wissen nicht, wann Henry etwas von John Marsh erfuhr, aber etwa sechs Monate vorher hatte Marsh seiner Schwester geschrieben, daß er Peggy kennengelernt hatte. Irgendwann im Sommer 1922 bekam der Klatsch in Atlanta über Peggys Liebesleben neue Nahrung durch ein Zeitungsphoto von Peggy Mitchell mit John Marsh und Red Upshaw, und Ende Juli wurde ihre bevorstehende Eheschließung bekanntgegeben.

Vielleicht akzeptierte Henry seine Niederlage endgültig, als Peggy am 2. September 1922 Red Upshaw heiratete. Er hob jedoch noch einen weiteren Brief auf, datiert vom 20. September 1922. Peggy und Red waren gerade erst aus den Flitterwochen im Grove Park Inn in Ashville, North Carolina, zurückgekehrt.

Tuesday

Henry dear —
I got home yesterday mornin g and tried to call you up — but it was a miserable failure as I have something wrong with my tonsils (Puss Pockets, Doc Reed calls them.) that have affected my vocal cords so that I had only a lisp per. I wanted to say hello to your mother too but central couldn't even hear me! Talk about iodine tasting like a rusty nail — well, I'd hate to

not only want to see you but I
have something of yours to give
to you.

love
Peggy

tell you what this silver nitrate
with which he is painting
my tonsils, tastes like.
Henry, what is Skeets' address? I
want to thank him for the
Sixty three emblems which now
adorns the front hall table. Its —
or rather, they are as pretty as
can be and I'm thanking you
over again for them tho I've
thanked you once before.
Henry, I am quite shameless in
asking you to take me out to
lunch some time this week! I

Dienstag

Henry, Lieber –

ich bin gestern vormittag nach Hause gekommen und habe versucht Dich anzurufen. Aber es war ein jämmerlicher Fehlschlag, weil mit meinen Mandeln etwas nicht stimmt, Doc Reed spricht von Eitertaschen, die meine Stimmbänder angegriffen haben, so daß ich nur flüstern kann. Ich wollte Deiner Mutter »Hallo« sagen, aber das Fräulein vom Amt hat mich nicht einmal gehört. Übrigens schmeckt Jod tatsächlich wie ein rostiger Nagel – nun, ich sag Dir lieber nicht, wonach dieses Silbernitrat schmeckt, mit dem der Doc mir die Mandeln einpinselt.[38]

Henry, kannst Du mir die Adresse von Skeet besorgen? Ich möchte mich bei ihm für das Emblem der »Dirty Three« bedanken, das jetzt den Tisch in der Halle schmückt. Es ist – oder vielmehr sie sind wirklich wunderhübsch, und ich bedanke mich erneut bei Dir, obwohl ich es schon einmal getan habe.

Henry, ich bin so schamlos, Dich zu bitten mich noch diese Woche zum Lunch in ein Restaurant einzuladen! Ich möchte Dich nicht nur sehen, ich habe auch etwas, was Dir gehört und das ich Dir geben möchte.

Alles Liebe,
Peggy

Ob sie sich in jener Woche zum Lunch trafen, werden wir nie erfahren. Doch wir wissen, daß Peggy schon kurze Zeit später entdeckte, daß es ein Fehler gewesen war, Red Upshaw zu heiraten. Sie warf ihn im nächsten Sommer aus dem Haus und bekam 1924 das endgültige Scheidungsurteil.[39] In der Zwischenzeit begann sie als Reporterin zu arbeiten und fand größeren Trost in den Armen von John Marsh, den sie später heiratete.

Binnen drei Monaten nach Peggys Hochzeit beantragte Henry eine Heiratslizenz[40]; er und Grace vermählten sich am 9. Dezember 1922. Sie bezogen das Haus neben dem seiner Eltern, die von Peggy und ihrer Familie nur eine Straße weit entfernt wohnten. Henry Angel jr. wurde im Dezember 1924 geboren und sein Bruder William ein paar Jahre später. Henry jr. weiß noch, daß Margaret Mitchell in seiner Kindheit öfter vorbeischaute. Er erinnert sich besonders an eine Gelegenheit, als sie mit Freunden vorbeikam, eine Widmung in ein Exemplar von *Vom Winde verweht* schrieb und es ihnen schenkte.

Gegen Ende des Jahres 1944 erkrankte Henry und mußte wegen Atembeschwerden wiederholt ins Krankenhaus. Henry jr. erinnert sich, daß sein Vater viel rauchte und trank.[41] Im März 1945 starb Henry Love Angel; er war erst vierundvierzig. Obwohl die primäre Todesursache auf Henrys Totenschein mit der Zeit verblaßte, waren die sekundären Ursachen Lungenkrebs und Herzversagen. Henry starb und nahm sein Geheimnis mit ins Grab, ohne Margaret Mitchell seinen erwachsenen Söhnen gegenüber auch nur zu erwähnen. Mit keinem einzigen Wort deutete er seine frühere Beziehung mit Margaret Mitchell an. Nie versuchte er sich durch ihre Berühmtheit Vorteile zu verschaffen. Vielleicht schwieg Henry Love Angel um der Liebe und der Ehre willen. Die Welt war damals in mancher Beziehung anders: Ein Händedruck konnte einen Vertrag besiegeln, das Wort eines Mannes war bindend, und die Ehre einer Frau stand hoch über allem.

Margaret Mitchell starb vier Jahre später, knapp drei Monate vor ihrem neunundvierzigsten Geburtstag. Ihr vorzeitiger Tod war die Folge von Verletzungen, die ihr von einem Auto zugefügt wurden, das sie überfuhr, als sie die Peachtree Street überquerte.

Henry jr. erinnert sich an das letzte Mal, als er Margaret Mitchell sah. Es war im Haus seiner Großeltern, ungefähr ein Jahr nach dem Tod seines Vaters. »Sie saß nur da und sah mich an. Ich weiß noch, daß ich dachte: Was starrt sie mich so an? Ist mein Haar nicht gekämmt, oder was? Aber dann sagte sie: ›Du siehst genauso aus wie dein Daddy.‹« Es sollten noch vier Jahre vergehen, ehe er das Geheimnis seines Vaters erfuhr und verstand.

Auf zwei Fragen wird es nie eine Antwort geben: Warum hat Peggy Henry Love Angel nicht geheiratet? Warum hat Henry diese Andenken aufbewahrt?

Es gibt einen letzten Brief, den Henry aufgehoben hat. Nicht datiert, wird er für immer ein Geheimnis bleiben.

Henry, komm heute abend zurück.

Peggy

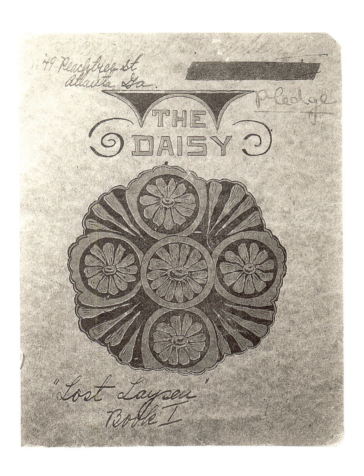

*In dieses Aufsatzheft schrieb Margaret Mitchell
die erste Hälfte von* Insel der verlorenen Träume.
*Sie beendete die Arbeit in einem zweiten Heft
mit der Aufschrift »Book II«, Buch II.*

Margaret Mitchell

Insel der verlorenen Träume

Kapitel I

Bill Duncan lehnte sich im Sessel zurück und zündete sich die Pfeife an.
Ich sagte nichts, sondern wartete darauf, daß er zu sprechen begann, denn der sonst so wortkarge Ire wollte mir etwas Hörenswertes erzählen.

»Nun, Junge, du behauptest, Romantik und Abenteuer seien mit Captain Kidd ausgestorben? Aber das stimmt nicht.«

Er unterbrach sich und blickte durch das Fenster in die schwarze Tropennacht. Alle nächtlichen Geräusche und Gerüche, für mich, den New Yorker, so neu und fremd, sickerten in mich ein, und allmählich bevölkerte meine Phantasie die Dunkelheit da draußen mit Tieren und Menschen aller Art.

»Aber das stimmt nicht«, wiederholte Duncan schroff. »Erinnerst du dich an Laysen – die versunkene Insel?«

Ich nickte, mein Interesse war geweckt. Es gab nur noch wenige, die sich an verschiedene Zeitungsartikel erinnerten, die vor fünfzehn Jahren über das Verschwinden von Laysen, einer vulkanischen Insel der Tongagruppe, berichtet hatten. Es war eine große Insel gewesen, hauptsächlich von Japanern, Chinesen und ein paar Weißen bewohnt.

»Tja«, fuhr Duncan fort, »vor fünfzehn Jahren fuhr ich als Erster Offizier auf der ›Caliban‹, einem kleinen, alten Eimer, der Passagiere

beförderte und als Handelsschiff zwischen den Tongas pendelte. Es war eine höllische Arbeit, Junge, zwischen diesen Inseln zu schippern und nie zu wissen, wann man ein japanisches Messer zwischen die Schultern bekam. Ein unaufhörlicher Kampf war das, aber es gefiel mir, damals. Ich schätze, ich vergaß so langsam, daß ich ein Weißer war, und verfärbte mich allmählich gelb, als – *sie* auftauchte. Sie buchte eine Passage von Yindano nach Laysen, und schon als ich sie das erste Mal sah, wußte ich, daß ich sie nie vergessen würde. Ich scherze nicht, Junge«, sagte er, als ich bei der Vorstellung grinste, dieser rauhe Kerl könnte romantische Gedanken hegen. »Ich hatte schon sehr lange keine Frau mehr aus dem Land Gottes gesehen – keine *anständige* Frau – und möglicherweise vergessen, daß es so etwas überhaupt gab.«

Er paffte eine Weile nachdenklich vor sich hin, und sein wettergegerbtes Gesicht wurde weich und hell.

»Was hab' ich diese Frau geliebt, Junge, ich konnte nicht anders, obwohl ich wußte, daß ich nie eine Chance haben würde – sie war nicht

von meinem Schlag. Warum sind es eigentlich immer die kleinen, zierlichen Frauen, Charley, die uns großen Kerlen so gefallen? Sie war nicht viel größer als einsfünfzig und wog keine hundert Pfund. Ich hätte sie mit einer Hand wegtragen können und hätte es nicht einmal gemerkt. Aber um nichts in der Welt hätte ich sie angefaßt. Ihre Augen hätten jedem verboten, so etwas zu tun. Sie waren graublau und sahen einem so direkt und fest ins Gesicht wie die eines Mannes, ganz ohne Koketterie oder so. Sie hatte eine kräftige, gerade Nase und Lippen, die geschwungen waren wie Cupidos Bogen. Solche Lippen sieht man nicht oft, mein Junge – Lippen, wie geschaffen zum Küssen.

Als ich sie in Yindano das erste Mal die Gangway heraufkommen sah, konnte ich sie nur anstarren. Ich war damals ein ziemlich wüster Kerl. Wüster als jetzt.« Er lachte rauh, und der Laut zerrte an meinen Nerven. »Ich hatte gerade eine Schlägerei hinter mir, hatte mir schmutzige Verbände um Kopf und Hände gewickelt und sah daher noch schlimmer aus als sonst. Ich stand

einfach da und glotzte sie an wie der Narr, der ich war, bis sie das Deck betrat und ihre Tasche absetzte. Als sie sich zu mir umwandte, besann ich mich auf den letzten Rest von Höflichkeit, der mir noch geblieben war, und riß mir die Mütze vom Kopf – das hatte ich seit fünf Jahren einer Frau zuliebe nicht mehr getan. Ihre flinken graublauen Augen musterten mich von oben bis unten, und dann lachte sie. Ja, Charley, mein Junge, sie *lachte*. Es war kein verstohlenes Lächeln, sondern ein richtiges, ehrliches Lachen, das ich einfach erwidern mußte.

›Also Sie müssen eine Schlacht hinter sich haben‹, sagte sie und lachte wieder. Im selben Moment kam der Captain hinzu, und auch er lachte, denn er hatte gehört, was sie sagte.

›Duncan hat immer irgendwelche Raufhändel, Miss Ross, er ist nicht glücklich, wenn er sich nicht prügeln kann.‹

Ich spürte, daß ich rot wurde, als sie mit vergnügt zwinkernden Augen den schmutzigen Lumpen um meinen Kopf betrachtete, und ich hätte den Captain auf der Stelle umbringen können, weil er das gesagt hatte. Auch wenn es

die Wahrheit war, fand ich's schrecklich, daß sie es wußte. Doch ich brachte kein Wort heraus, und wenn mein Leben davon abgehangen hätte, ich hätte nichts sagen können. Ich wünschte nur, ich hätte mir am Morgen den eine Woche alten Bart abgeschabt und mir das Gesicht gewaschen. Aber der Captain nahm sie mit, um ihr das Kabäuschen zu zeigen, das ihre Kabine war, und ich blieb, an die Reling gelehnt, zurück. Ich sah ihr nach, bis sie verschwand, und merkte erst jetzt, wie adrett und ordentlich sie in dem dunkelblauen Kostüm mit dem Buster-Brown-Kragen aussah. Und wie *zierlich* sie war, mein Junge, so *zierlich*!«

Duncan unterbrach sich, um sich die Pfeife wieder anzuzünden, die ausgegangen war. Einsfünfzig kam mir gar nicht so klein vor, ich maß einssiebenundsechzig, aber Duncan war ein Muskelpaket und mindestens einsneunundachtzig.

»Tja, ich sauste in meine Kabine und bereitete alles für eine hastige Rasur vor, als der Captain reinkam. Du hättest sein Lachen hören sollen, als er mich mit dem eingeseiften Gesicht erwischte. Das Lachen machte mich wütend,

Junge, und ich begann zu fluchen. Mach nicht so ein erstauntes Gesicht, der Captain und ich waren dicke Freunde, zwischen uns gab's keine Rangordnung.

›Oh, sieh an, der hübsche Bill Duncan macht sich landfein für die Missionarin‹, spottete er.

Ich hörte auf zu fluchen. ›Sie ist keine Missionarin!‹

›Und ob sie eine ist‹, erwiderte der Captain grinsend.

›Verdammt!‹ sagte ich und legte das Rasiermesser weg. Ich hatte nämlich keine besonders gute Meinung von Missionaren, mußt du wissen, und das aus gutem Grund. ›Woher weißt du so viel über sie?‹ fauchte ich.

Das Gesicht des Captains wurde ernst, und er preßte die Lippen zusammen.

›Frag nicht so viel, ich weiß es eben‹, sagte er dann.

Ich bin fünf Jahre mit Jim Harrison zusammengewesen, Junge, und habe ihn nie ausgefragt. Hier im Osten ist es schlechter Stil, einen Mann nach seiner Vergangenheit zu fragen, aber ich weiß, daß Miss Ross und ihre Sorte Leute in

der Vergangenheit des Captains eine Rolle gespielt hatten. Ich stellte ihm auch jetzt keine Fragen. Nach einer Weile sprach er weiter.

›Bill, sie gehört zum Besten, was es in Amerika gibt, und sie ist hier, weil sie das Leben drüben satt hat. Ihre Familie ist verrückt, daß sie ihr erlaubt, hierherzukommen. Sie sucht Abenteuer und Aufregung, und die wird sie auch kriegen, das kannst du mir glauben.‹ Er unterbrach sich und lachte. ›Missionarin? Du meine Güte, sie kennt ungefähr so viele Psalmen wie du.‹

›Wohin will sie?‹

›Nach Laysen‹, sagte er grimmig.

›Lord Jim, das dürfen wir nicht zulassen, sie darf nicht dorthin. Es ist die Hölle auf Erden, und die Japse sind Teufel...‹, begann ich wütend.

›Wie willst du sie daran hindern?‹ murrte der Captain. ›Sie ist ihr eigener Herr. Wir können sie nur im Auge behalten, mehr nicht – und das wirst du mit Freuden tun, oder etwa nicht, Billy Duncan?‹ Er gab mir einen Rippenstoß und marschierte hinaus.

Ich wusch und rasierte mich, band mir ein sauberes Tuch um den Kopf und ging an Deck.

Charley, mein Junge, du hast nie fünf Jahre lang ohne Frauen gelebt – anständige Frauen –, daher weißt du nicht, wie ich mich fühlte. Ich wollte sie nur sehen, nur hören, nur in ihrer Nähe sein. Damals war mir noch nicht klar, daß ich sie liebte, ich wußte nur, daß ich ihr in die klaren grauen Augen schauen und sehen wollte, wie ihre roten Lippen sich bewegten. Sie war an Deck, als ich hinaufkam, und sah zu, wie die Chinesen unseren kleinen Eimer beluden.
Der Captain stand neben ihr und erklärte ihr alles. In Yindano schienen keine anderen Passagiere an Bord zu kommen, daher waren wir die einzigen Weißen auf dem Schiff mit einer sechzehnköpfigen Besatzung – Japse, Chinesen, Kanaken und Mischlinge. Als ich mich zu ihnen gesellte, machte der Captain uns miteinander bekannt, und auch da konnte ich nichts sagen. Sie reichte mir die schmale Hand, und ich muß sie ihr mit meiner großen Pfote fast gebrochen haben, so heftig schüttelte ich sie.

Als die Ladung gelöscht war, schickte der Captain mich ans Ruder, damit ich die ›Caliban‹ sicher aus dem Hafen steuerte. Wir waren gut

aus Yindano hinausgekommen und fuhren auf die offene See zu, als Miss Ross wie ein Wirbelwind auf die Brücke stürmte.

›Hören Sie, haben Sie ein Fernglas hier?‹ fragte sie und entdeckte dann meines, das im Etui an der Wand hing. Sie nahm es heraus und schaute einen Augenblick landwärts. Offenbar gab es dort etwas sehr Komisches zu sehen, denn sie explodierte förmlich vor Lachen und krümmte sich wie in Krämpfen. Der Captain kam auf die Brücke, ich überließ ihm das Ruder, nahm ihr das Glas aus der Hand und blickte nun selbst zurück nach Yindano. Auf dem Kai, von dem wir eben abgelegt hatten, hatte sich eine Menge Eingeborener eingefunden, und vor ihnen, in weißer Hose, blauem Jackett und mit Panamahut, rannte ein Mann wild gestikulierend hin und her; offensichtlich galten seine Signale uns. Ich war verblüfft und reichte dem Captain das Glas. Miss Ross' Heiterkeit schien fast in Hysterie umzukippen, und Tränen zitterten an ihren Wimpern.

›Das ist Douglas Steele!‹ stieß sie hervor und schlug sich aufs Knie wie ein Mann. ›Er wollte nicht – daß ich herkomme, und ist mir natürlich

gefolgt. In Frisco bin ich ihm entwischt, und nun ist er schon wieder da! Ich bin so froh, daß er nicht mehr mitgekommen ist. Sieht er nicht komisch aus?‹ Und wieder brach sie in ein Gelächter aus, das sie ganz atemlos machte.

›Vielleicht sollten wir umkehren und ihn an Bord nehmen‹, sagte der Captain und zwinkerte mir zu. Sie richtete sich bolzengerade auf.

›Nein, das tun Sie nicht!‹ rief sie. ›Es geschieht ihm recht. Doug ist ein netter Kerl, aber viel zu aufdringlich!‹ Sie nahm dem Captain das Glas wieder ab, tappte mit weichen Knien zur Reling und schaute wieder zum Ufer hinüber.

›Das darf doch nicht wahr sein!‹ murmelte der Captain vor sich hin.

›Nein‹, sagte ich aufrichtig. ›Wer ist Douglas Steele, Jim?‹

›Du solltest häufiger Zeitung lesen, Bill‹, knurrte der Captain. ›Er ist der Sohn von D. G. Steele, dem Waffenfabrikanten, aber vor allem ist er einer von Amerikas großen Athleten – Sprinten, Hammerwerfen, Hochsprung, Stabhochsprung –, ich verstehe nur nicht, warum er Courtenay Ross durch die ganze Schöpfung verfolgt.‹

›Courtenay‹, wiederholte ich, sagte aber sonst nichts, weil ich dachte: Was ist das doch für ein hübscher Name, und wie gut er zu ihr paßt!

Ich sah sie an diesem Nachmittag nicht oft, da ich am Ruder war, aber als wir nach Buna kamen – Buna war eine der Inseln, mit denen wir am meisten Handel trieben –, sagte sie, sie werde den Captain auf seinem Landgang begleiten. Irgendwie wirkte das Schiff ohne sie öd und leer, und unwillkürlich wünschte ich mir, bei ihr an Land zu sein. Wir hatten in Buno nur zwei Stunden Aufenthalt, da wir unserem Zeitplan einen ganzen Tag hinterherhinkten. Ich zog Jacke und Hemd aus und begann den faulen Eingeborenen beim Löschen der Ladung zu helfen, da sie den ganzen Tag dazu brauchen würden. Ich hatte, als Miss Ross und der Captain zurückkamen, längst wieder ordentlich angezogen sein wollen, aber die Zeit verging im Flug. Ich wuchtete Kisten und verfluchte die Eingeborenen, bis ich zufällig aufblickte. Und da saß auf der Reling, nicht allzuhoch über meinem Kopf, Miss Ross, das Kinn in die Hand gestützt, und beobachtete mich. Ich hielt mitten in der Bewegung

inne – und verwünschte mich innerlich, denn ausgerechnet jetzt, da ich einmal im Leben auf eine Frau einen guten Eindruck machen wollte, überraschte sie mich, als ich halb nackt war und wie ein Pirat gotteslästerlich fluchte. Ich konnte nur hilflos zu ihr aufsehen. Mir selbst machte es ja nicht so viel aus, doch ihr wollte ich jede Peinlichkeit ersparen. Sie lachte nicht, und sie wurde nicht rot, aber in ihrem Blick lag ein geradezu weltumfassender Ernst.

›Mr. Duncan‹, sagte sie leise, ›wenn ich ein Mann wäre, würde ich alles darum geben, solche Schultern und Muskeln zu haben wie Sie.‹ Sie rutschte von der Reling herunter und rief dann lachend über die Schulter hinweg: ›Und auch einen solchen Wortschatz!‹

Ich schlüpfte gerade in meine Kleider, als sich uns eine jämmerliche kleine Nußschale von Boot näherte, der ich mein Leben keine Sekunde lang anvertraut hätte. An Bord waren zwei Eingeborene und ein Weißer, derselbe, den ich auf dem Kai in Yindano gesehen hatte. Als das Boot beidrehte, sah ich, daß es sich um einen gutaussehenden jungen Kerl von ungefähr

dreiundzwanzig Jahren handelte, hochgewachsen, mit breiten Schultern und schmalen Hüften. Besorgt musterte er die ›Caliban‹, als er längsseits kam, und mich durchfuhr ein plötzlicher Schmerz. Es war nicht Eifersucht, Charley, es war pure Selbstsucht. Ich wußte, ich würde sie nie haben können, also gönnte ich sie auch keinem anderen. Ich wußte natürlich, ein Mann, der so viel von einer Frau hielt, daß er ihr aus den Staaten bis an einen so gottverlassenen Ort folgte, würde sich nicht so leicht abschrecken lassen. Als die Nußschale am Kai anlegte, sprang der Weiße an Land, hob seine Reisetasche über die Reling und bezahlte die beiden Eingeborenen. Er seufzte tief und erleichtert auf, als er die ›Caliban‹ sah; dann entdeckte er mich, der ich mir eben die Jacke zuknöpfte, und fragte ängstlich: ›Ist Miss Courtenay Ross auf diesem Boot?‹

Ich nickte nur, denn mir war ganz und gar nicht danach, viele Worte zu verschwenden. Ich wünschte nur, ich sähe so sauber aus wie er – innerlich und äußerlich. Er wartete nicht ab, bis ich etwas sagte, sondern lief die Gangway herauf,

und gleich darauf hörte ich einen erstaunten Ausruf, lautes Gelächter und eine lebhafte Begrüßung. Ich ließ die Leinen der ›Caliban‹ losmachen und nahm Kurs auf die offene See, aber der Schmerz in meinem Herzen war so heftig, daß ich nur durch ein Wunder mit dem Boot nicht auf dem Riff auflief.

Kapitel II

Als sie am nächsten Morgen an Deck kam, rief sie ›Hallo, Mr. Duncan!‹ und fing an, mich über das Boot auszufragen. Ich war auch in meinen besten Zeiten kein Frauenheld und verfluchte mich an diesem Tag wegen meiner Unbeholfenheit, denn völlig ohne Grund schien meine Zunge in ihrer Gegenwart am Gaumen festzukleben. Douglas Steele tauchte auf, und sie gingen lachend und schwatzend miteinander weg. Oh, Charley, mein Junge, was hätte ich nicht drum gegeben, Douglas Steeles Zungenfertigkeit zu haben. Doch es hätte einer noch redegewandteren Zunge als der seinen bedurft, um die Gedanken auszusprechen, die mir durch den Kopf gingen.

Die nächste kleine Insel, die wir anliefen, bescherte uns ein paar Passagiere, allesamt Eingeborene. Als wir schon wieder ablegen wollten, kam ein schlanker, dunkler Mann an Bord. Seine Augen wurden zu Schlitzen, als er mich sah, denn wenn mich je jemand gehaßt hat, dann dieser Mann. Er war ein Mischling – halb Japaner, halb Spanier – und von der finsteren Schönheit eines Teufels. Er hatte weiche, schwarze, leicht schrägstehende Augen und einen weichen roten Frauenmund, der immer spöttisch verzogen war. Auch sein Haar war weich, schwarz und seidig. O ja, er wirkte weich und sanft, doch wenn es je einen Bösewicht gegeben hat, der direkt aus der Hölle kam, dann war das Juan Mardo. Er hatte großen Einfluß auf den Inseln und ganz besonders auf Laysen, wo er wohnte, denn er war weit und breit der reichste Mann unter den Weißen und den Eingeborenen. Und er haßte den Captain und mich, weil wir eine ganze Anzahl seiner Mordtaten und Entführungen verhindert hatten. Er betrat wortlos das Deck, und genau in diesem Moment kamen Miss Ross

und Douglas Steele vorbei. Miss Ross schaute über die Schulter zu Juan Mardo zurück – ein Anflug von weiblicher Neugier vermutlich –, denn er war wirklich sehenswert. Aber der Blick, den er ihr zuwarf, brachte mein Blut in Wallung. Er zuckte mit den Schultern und machte auf japanisch zu dem Mann neben ihm eine Bemerkung über sie – eine Bemerkung von so abgrundtiefer Gemeinheit, wie sie sich nur ein Japs ausdenken konnte.

Ich verstand Japanisch, und Juan Mardo wußte es. Der Blick, den er ihr zugeworfen hatte, hatte meine Selbstbeherrschung auf eine harte Probe gestellt, aber was er über die junge Lady sagte, machte mich rasend. Ich packte das Schwein bei der Taille und schleuderte es übers Deck. Im Nu war ich von drei Passagieren umringt, die zuletzt an Bord gekommen waren, und hatte alle Hände voll zu tun. Ich kämpfte verzweifelt, und meine Hiebe begannen Wirkung zu zeigen, als ich von irgendwoher ihre Stimme hörte: ›Los, los, Billy Duncan! Geben Sie ihm einen Kinnhaken!‹ Und dann: ›Du brauchst ihm

nicht zu helfen, Douglas, das bringt er schon selbst in Ordnung.‹

Trotz meines Zorns mußte ich grinsen. Die kleine Frau hatte wirklich Feuer! Die meisten weiblichen Wesen hätten geschrien oder wären in Ohnmacht gefallen. Ich legte einen Eingeborenen flach aufs Deck und bereitete mich darauf vor, mit den beiden anderen das gleiche zu tun, als einer meine Knie umklammerte und der andere mir mit einem Ringergriff einen Arm vorn um den Hals preßte. Um mich herum wurde es langsam schwarz, und kleine helle Punkte zuckten vor meinen Augen auf, doch ich hörte Miss Ross wie einen Dämon schreien: ›Befrei dich von diesem Würgegriff, Billy Duncan, durchbrich ihn! Durchbrich ihn! Du hast es fast geschafft – komm, mach schon!‹ Und dann mit plötzlichem Schreck: ›Oh, Doug, er hat ein Messer! Halt ihn auf!‹

Aus brennenden Augen sah ich, wie Juan Mardo sich aufrappelte und mit gezücktem Messer auf mich zukam. Ich dachte: Diesmal ist es aus mit dir, denn ich war hilflos wie ein Kind

und bot dem Mischling meine Brust verlockend dar. Einen Augenblick lang wurde alles dunkel um mich, und dann hörte ich Captain Harrisons wütendes Gebrüll, hörte Douglas Steele fluchen und fühlte den scharfen Biß der Stahlklinge in meiner Schulter. Beinahe gleichzeitig ließen die zwei Kanaken mich los, und blind für alles andere stürzte ich mich, sein Messer vergessend, auf Juan Mardo.
Ich bekam ihn an der Kehle zu packen, spürte vorher aber dreimal sein Messer im Arm. Ich denke, ich hätte ihn dort an Deck zu Tode gewürgt, denn ich brannte darauf, ihn mit bloßen Händen zu töten, nicht wegen der kleinen Messerstiche, die er mir versetzt hatte, sondern wegen seiner Bemerkung über Miss Ross. Sie war es, für die ich kämpfte, und bei jedem Schlag, den ich in diesem Kampf austeilte, verspürte ich wilde Freude.

Ich fühlte Juan Mardo in meinen Händen erschlaffen, als eine kleine Hand mit stählernen Fingern meine Schulter packte, und ihre Stimme befehlend sagte: ›Stehen Sie auf, Billy Duncan!‹

Unwillkürlich erhob ich mich sofort. Wenn sie auf diese Weise ›Geh zur Hölle!‹ gesagt hätte, ich hätte es schnurstracks getan. Aber als ich so vor ihr stand, ganz zerrissen und schmutzig und voller Blut, fühlte ich mich so kindisch wie noch nie zuvor. Ich bedauerte ehrlich, daß ich so groß und breit und derb war, denn sie konnte mich ja nur für einen brutalen Schläger halten – und der war ich zweifellos. Der Captain und Steele hatten ihre Gegner ausgeschaltet und kamen auf uns zu. Steele ganz aufgeregt und der Captain fuchsteufelswild.

»Billy Duncan, kannst du wirklich nicht fünf Minuten lang friedlich sein? Warum hast du denn nun schon wieder angefangen und ausgerechnet mit ihm?« fragte der Captain grollend.

Ich fauchte ihn auf japanisch an und erzählte ihm, was Mardo von sich gegeben hatte. Der Captain lächelte ruhig, denn er wollte nicht, daß sie etwas vermutete, aber ich sah Mord in seinen Augen. In meinem rechten Arm und der rechten Schulter begann es zu hämmern, und ich mußte mich an der Reling festhalten, um

aufrecht stehenzubleiben, denn das Deck begann
sich auf Übelkeit erregende Weise wie rasend
um mich zu drehen.

›Bringt ihn in meine Kabine‹, hörte ich sie
von weither sagen. Ich protestierte schwach, kam
aber erst wieder zu mir, als ich ihr, den Arm auf
ihren Knien, zu Füßen saß und sie mir das
Hemd wegschnitt. Der Captain und Steele waren
nicht mehr da. Ihre Finger waren kühl und
flink und geschickt, und schon nach kurzer Zeit
lag mein Arm in einer Schlinge und war die
Schulter fest bandagiert. Ich saß ihr zu Füßen,
lehnte mich an ihre Knie, zu müde, um mich zu
rühren, und präsentierte mich ihr zum zweitenmal in zwei Tagen ohne Hemd. Ich spürte
ihre kühle Hand über meine Schulter mit den
harten Muskelpaketen gleiten und den Arm hinunter. Ich blickte auf und entdeckte in ihren
Augen einen flüchtigen Ausdruck reinen Entsetzens. Damals wußte ich ihn nicht zu deuten,
doch jetzt ist mir klar, daß es meine brutale, animalische Kraft war, vor der sie sich fürchtete,
denn woher hätte sie wissen sollen, daß ich

lieber tausend Tode gestorben wäre, als ihr etwas zuleide zu tun.

›Gott hat Sie gut erschaffen, Mr. Duncan‹, sagte sie leise, und da ich nicht antwortete, fragte sie schnell: ›Warum sind Sie über diesen Spanier hergefallen, Mr. Duncan?‹

Ich schüttelte den Kopf. Es ging mir zwar besser, aber nach Reden war mir noch nicht zumute.

›Sagen Sie es mir!‹ forderte sie herrisch, doch ich schüttelte wieder den Kopf. ›War es meinetwegen?‹ fragte sie. ›Was hat er gesagt?‹ Ihre Stimme klang weich und bittend.

›Das kann ich Ihnen nicht sagen‹, antwortete ich, obwohl ich fürchtete, sie zu verärgern.
Sie sagte eine ganze Minute lang nichts, und ich glaubte schon, ich hätte sie mit meiner Weigerung tatsächlich verärgert. Da legte sie mir die Hand auf den Kopf und begann mir das Haar zu zerzausen, wie meine Mutter es früher zu tun pflegte.

›Danke, Billy Duncan‹, sagte sie mit einem merkwürdigen Zittern in der Stimme, und als ich

aufblickte, sah ich Tränen in ihren Augen. Ach, Charley, mein Junge, ich fühlte mich wie im Paradies, mein Kopf an ihren Knien, ihre Hand in meinem Haar und in ihren Augen Tränen – meinetwegen. Doch ich wußte, daß nie wahr werden konnte, wovon ich träumte, und seufzend versuchte ich aufzustehen. Doch sie legte mir die Hand auf die Schulter und drückte mich zurück.

›Bleiben Sie still sitzen, Junge!‹ sagte sie leise. Junge! Vielleicht kommt dir das komisch vor, Charley, schließlich war ich neunundzwanzig und sie erst neunzehn, aber ich begriff plötzlich, daß sie in allen Männern den Jungen sah und den Jungen in ihnen am liebsten mochte; für sie waren alle Männer nur Jungen.

›Erzählen Sie mir etwas über sich, Billy Duncan‹, sagte sie als nächstes und strich mir mit ihrer kühlen Hand über die heiße Stirn. Bisher war es mir schwergefallen, mit ihr zu sprechen, doch mit ihrer Hand auf meiner Stirn fielen mir die Worte leicht. Ich erzählte ihr, daß ich Irland mit sechzehn Jahren verlassen hatte – Familie, Schule und Freunde verlassen hatte. Ich

mußte gehen, denn ich hatte bei einer kleinen Revolte mitgemacht, und auf meinen Kopf war ein Preis ausgesetzt. Ich erzählte ihr, wie ich durch die Welt gewandert war; daß ich harte Schläge einstecken mußte, das Leben mir wenig mehr bot als die Hölle, und ich immer kämpfte, wenn es etwas zu kämpfen gab. Ihre Augen funkelten, als ich von Kämpfen und Gefahren sprach, und ich begriff, daß in der Brust dieser Frau das Herz eines Mannes schlug. Als ich geendet hatte, seufzte sie leise. ›Sie sind wahrhaftig ein Glücksritter, Billy Duncan‹, sagte sie und betastete wieder meine Schulter. ›Gott hat Sie gut erschaffen‹, wiederholte sie.

›Er hat mir Muskeln, aber kein Hirn gegeben‹, antwortete ich erbittert und ließ den Kopf wieder an ihre Knie sinken. Danach verschwamm alles, und mit ihrer Hand im Haar schlief ich ein.

Als ich erwachte, schien der Mond in die Kabine, und ich war allein. Ich saß noch auf dem Boden, lehnte am Sessel, aber wo ihr Knie gewesen war, lag jetzt ein Kissen, und sie hatte

mich in eine Decke gewickelt. Ich stand auf und legte Kissen und Decke ehrfürchtig auf das Bett zurück. Wie still, wie mondhell der Raum war! Er war so schön, daß er geheiligt schien, und er war kein Ort für mich – Billy Duncan – Glücksritter – Zugvogel.

Es ging mir jetzt besser. Ich war harte Schläge gewöhnt, und der Schlaf hatte mir unendlich gutgetan. Trotzdem war ich noch ziemlich schwach, als ich an Deck ging, und mußte mich auf dem Weg in meine Kabine an der Reling festhalten. Es war eine ruhige Nacht, kein Windhauch regte sich, um die Segel zu füllen, und die ›Caliban‹ lag still. Ich lehnte mich im weißen Mondlicht an den Mast, hörte der Crew zu, die unten in ihrem Quartier krakelte, und dachte an das Land Gottes und – an sie. Auf einmal hörte ich zwei Stimmen – die von Douglas Steele und die ihre –, und als ich um den Mast herum schaute, entdeckte ich sie, an der Reling lehnend, auf der anderen Seite des Schiffes. Für den armen, nach Frauen ausgehungerten Mann, der ich war, bot sie einen wunderschönen Anblick,

daher blieb ich stehen, schaute sie an und beobachtete die Schatten, die das Mondlicht ihr ins Gesicht malte. Sie blickte verträumt auf die silberne Spur, die der Mond auf dem Wasser hinterließ, und hörte Douglas Steele kaum zu.

›Aber glaub mir doch, Court‹, sagte er, ›du kannst nicht hier draußen bleiben. Du bist keine Missionarin, und das weißt du auch ganz genau.‹

›Ich kann hier bleiben‹, antwortete sie prompt. ›Ich bin Missionarin! Ich werde kleine, schmutzige Japse waschen und ihnen beibringen, nicht mit Messern auf andere Leute einzustechen.‹

Verzweifelt warf er die Arme in die Luft. ›Du mußt nach Hause kommen, Court! Court, du weißt, daß ich dich liebe, und zum zehntenmal: Willst du mich heiraten?‹ Er lächelte, als er das sagte, aber er meinte es todernst. Irgendwie war der Schmerz, der nun in mein Herz fuhr, schärfer, als der Stich von Juan Mardos Messer gewesen war. Zwar wollte ich auch nicht, daß Douglas Steele sie bekam, doch wenn ein Mann je eine Frau geliebt hat, dann er sie.

Aber, ach, Charley, mein Junge, ich sehnte mich so nach ihr...

›Nein, Doug‹, sagte sie ruhig, ›hier gibt es Arbeit für mich, und ich kann dich nicht heiraten.‹

Ich hatte Mitleid mit Steele, aber er straffte nur leicht die Schultern und antwortete ebenso ruhig: ›Dann werde ich warten, bis deine Arbeit getan ist, kleine Lady.‹

Kleine Lady – so hatte ich sie im stillen immer genannt! Sie sagte nichts, dann begannen ihre Augen zu funkeln.

›War das heute nachmittag nicht eine herrliche Schlägerei?‹

Ich hätte am liebsten laut gelacht. Wie schnell ihre Stimmungen wechselten! Sie konnte herrisch sein, zärtlich wie eine Mutter, konnte kichern wie ein Schulmädchen, besaß die Weisheit aller Frauen aus Jahrhunderten, war voller Leben und konnte sich begeistern wie ein kleiner Junge. ›Da hast du recht‹, antwortete Steele. ›Dieser Mann ist der geborene Kämpfer.‹

›Er ist ein mächtig guter Kerl‹, sagte sie, in der Erinnerung lächelnd.

›Er ist ganz hingerissen von dir, kleine Lady‹, sagte er, während er sich eine Zigarette ansteckte. Zuerst zuckte ich gekränkt und verärgert zusammen, aber dann verzieh ich ihm. Es war die Wahrheit – er liebte, und ein Liebender hatte scharfe Augen, und außerdem saßen wir fast im selben Boot. Atemlos wartete ich auf ihre Antwort. ›Sei kein Idiot, Doug‹, sagte sie.

›Aber es stimmt, du erkennst es an seinen Augen, weil er ja nie den Mund aufmacht. Seine Augen erinnern mich an den Collie, den du voriges Jahr hattest. Er ist ein seltsamer Kerl.‹

›Er ist ein mächtig guter Junge‹, wiederholte sie sanft. ›Mich erinnert er mit dem massigen Kinn an eine Bulldogge. Er ist ein guter Junge, Doug, und es ist jammerschade, daß er's nicht weiter gebracht hat. Aber er hatte nie eine Chance. Gute Nacht, Doug, ich gehe zu Bett.‹ Und sie ließ ihn allein im Mondlicht stehen.

Gott! Wie selbstsüchtig er war. Er wollte sie ganz, und ich – ich wäre für einen Kuß gestorben oder wäre für eine Locke ihres goldbraunen Haares in die Hölle gegangen. Für immer.

Kapitel III

Am nächsten Morgen erreichten wir Laysen, und obwohl wir nur eine Stunde Aufenthalt hatten, brachten wir die kleine Lady und Douglas Steele in die Stadt. Laysen war zwar eine ziemlich große Insel, Charley, aber es gab dort nur eine Stadt – ein jämmerliches, fieberverpestetes, sumpfiges Loch. Japse siedelten auf der ganzen Insel und die Eingeborenen ebenso, aber die wenigen weißen Pflanzer lebten in der Nähe der Stadt.

Der Captain und ich brachten die beiden hinauf zu Señora Castro, die Pensionsgäste aufnahm. Die Señora war ein Miststück, aber ein gutmütiges, und ihre Preise waren exorbitant. Doch Miss Ross und Steele bezahlten, ohne mit der Wimper zu zucken.

Offensichtlich waren sie zu Hause kostspieligere Dinge gewohnt und hatten das Gefühl, billig davonzukommen.

Captain Jim kannte die meisten weißen Pflanzer sehr gut und schrieb mehrere Empfehlungsbriefe für Miss Ross und ihren Begleiter. Ich saß draußen unter einem Bambus, während er schrieb, denn ich war noch ziemlich geschwächt von dem Kampf am Vortag. Bald kam sie zu mir heraus.

›Mr. Duncan, ich finde, Sie hätten uns auch ein paar Empfehlungsbriefe schreiben können!‹ rief sie scherzend.

›Empfehlungen von mir?‹ sagte ich und versuchte zu lachen. ›Wenn Sie eine Empfehlung von mir hätten, würde man Sie wahrscheinlich hinauswerfen, Miss R…‹

›Können Sie mich nicht Courtenay nennen?‹ fragte sie und warf sich lachend ins Gras.

Courtenay? Sie beim Vornamen anreden? Das konnte ich nicht.

›Nein‹, murmelte ich verlegen, ›das geht nicht. Für mich sind Sie immer die »kleine Lady«...‹
Ich unterbrach mich, kam mir wie ein Narr vor und fürchtete fast, ich hätte sie verärgert, oder sie könnte mich auslachen.

Aber sie sah mich nur mit ihren ruhigen grauen Augen an und sagte: ›Danke, Billy Duncan.‹

Ich war verwirrt, denn ich wußte nicht, wofür sie sich bei mir bedankte, aber ich erhob mich hastig. Auch sie stand auf. Ich schaute die heiße Straße entlang, wo die nackten braunen Kinder herumtollten, und betrachtete die gelben und braunen Männer, die rauchend in den Haustüren standen. Und plötzlich stürzte der Gedanke auf mich ein, daß sie fast allein war – sie und Douglas Steele –, die einzigen weißen Gesichter in einem Meer aus Gelb und Braun. Eine Warnung vor diesem mörderischen Halbblut Juan

Mardo drängte sich mir auf die Lippen, aber ich unterdrückte sie. Als er sie heute morgen von Bord gehen sah, hatte er einen Ausdruck in den Augen gehabt, der jeden Weißen dazu gebracht hätte, ihn mit Vergnügen umzubringen, ganz langsam, Zoll für Zoll.

Charley, mein Junge, ich kannte die Japse. Ich hatte nicht fünf Jahre im Osten gelebt, ohne zu erfahren, daß das Leben und die Ehre einer Frau einem Japs weniger als nichts bedeuten, und Juan Mardo hatte ein Auge auf meine kleine Lady geworfen. Ich wollte es ihr sagen, doch dann dachte ich, daß es vielleicht nicht gut wäre und Schaden anrichten könnte, also sagte ich nichts. Aber sie war hellsichtig und hatte etwas in meinen Augen gelesen.

›Was wollten Sie sagen?‹ stieß sie hervor.

Ich zuckte zusammen, lächelte dann. ›Nur das, kleine Lady – wenn Sie je etwas wollen oder etwas brauchen, ganz besonders Hilfe –, dann wissen Sie ja, wo Sie es finden.‹

Sie lächelte, nicht übermütig wie sonst, sondern ganz einfach so, daß ich das Gefühl hatte,

sie könne in meine Seele blicken, und ich wünschte bei Gott, meine Seele wäre reiner.

›Ich weiß, wo ich es finde‹ – sie streckte die Hand aus –, ›und ich danke Ihnen.‹

Ich nahm ihre Hand, eine kleine, feste Hand mit spitz zulaufenden Fingern – und sehnte mich wie nie zuvor danach, sie zu küssen. Aber ich war ein Narr – ich wußte es damals ebensogut wie heute, und ließ ihre Hand abrupt fallen und ging die Straße entlang zurück zur ›Caliban‹.

Es dauerte zwei Wochen, bis ich sie wiedersah, und dann reichte die Zeit nur zu einem kurzen ›Hallo‹. Sie, Douglas Steele und eine fröhliche Gesellschaft weißer Pflanzer segelten in einem hübschen, kleinen weißen Segelboot ungefähr eine Stunde von Laysen entfernt. Douglas Steele hielt das Ruder, ganz gelassen in seinem weißen Anzug, und sie stand in seiner Nähe in weißer Matrosenbluse und weißem Rock.

Die ganze Gesellschaft (es waren ungefähr sieben oder acht) winkte fröhlich im Vorbei-

fahren, und dann hörte ich ihre Stimme, die klar und deutlich alle anderen übertönte:

›Hallo, Billy Duncan!‹

Der Captain beugte sich über die Reling und rief ›Wie geht es der Missionarin?‹, und die ganze Gesellschaft brüllte vor Lachen.

Die kleine Lady sah gekränkt aus, rief aber naserümpfend zurück: ›Ich komme gut zurecht, vielen Dank!‹

So segelten sie an uns vorüber, eine heitere, lachende, schwatzende Gesellschaft – Menschen von Captain Harrisons und Douglas Steeles Sorte, aber Billy Duncan gehörte nicht dazu.

Ich denke, der Captain ahnte, was ich dachte, denn als ich mich abwandte, fing ich einen halb mitleidigen Blick von ihm auf. Ich wollte jedoch kein Mitleid, von niemandem, nicht einmal von meinem besten Freund – das einzige auf dieser Welt, was ich wollte, war – sie. Ich sehnte mich nach ihr, wie ein Verdurstender sich nach Wasser sehnt. Meine Sehnsucht wuchs, ich hungerte förmlich nach ihr – so sehr wollte ich sie.

Wiederum zwei Wochen später sah ich sie

abermals, als der Captain und ein paar Chinesen mich bewußtlos nach Laysen schleppten. Natürlich sah ich sie nicht, solange ich im Traumland war, aber hinterher. Ich war an Bord der ›Caliban‹ in eine Schlägerei verwickelt gewesen und hatte das Schlimmste abgekriegt. Der Captain hatte mich angewidert aufgegeben, denn er hatte schon entdeckt, daß ich mich aus keiner Prügelei heraushalten konnte – daß ich mich gar nicht heraushalten wollte. Jedenfalls hatte mir jemand mit einem Belegnagel den Schädel aufgerissen, und damit war der Kampf für mich zu Ende gewesen. Captain Jim hatte mich wie immer mit einem Eimer Wasser übergossen, aber diesmal hatte es nichts genützt. Er bekam Angst, als ich nach der gewohnten Zeit nicht zu mir kam. Also brachte er mich nach Laysen, wo er einen weißen Doktor kannte. Ich habe nie erfahren, was dann passierte, aber als ich zwei Stunden später aufwachte, war die ›Caliban‹ wieder auf See. Ich lag in einer kleinen Hütte gegenüber von Señora Castros Haus, und ein blasser, schlanker kleiner Kerl werkte an mir herum.

Der Kopf tat mir entsetzlich weh, daher nahm ich anfangs keine Notiz von meiner Umgebung; ich merkte nur, daß der kleine Doktor mächtig erleichtert war, als ich die Augen öffnete. Aber als er sich abwandte und mit jemandem neben ihm sprach und eine klare Stimme dankbar rief ›Dann ist er also in Ordnung, Doc?‹, schienen Schmerz und Schwindelgefühl von mir abzufallen. Ich versuchte mich aufzurichten, aber der kleine Doktor lachte und schubste mich zurück.

›Einer wie der ist nicht umzubringen, Miss Ross‹, sagte er und begann verschiedene Sachen in seine schwarze Ledertasche zu packen. ›In zwei Stunden ist er wieder so gut wie neu, und wenn Captain Harrison morgen vorbeikommt, kann er ihn mitnehmen.‹

Dann verschwamm alles wieder ein bißchen vor meinen Augen, aber ich hörte die Tür zufallen und wußte, der Doktor war vorläufig gegangen. Fast fürchtete ich mich davor, die Augen zu öffnen, denn als ich endlich einen Blick wagte, saß sie auf einem Hocker ganz in meiner Nähe

und lachte spitzbübisch. Ich versuchte zu lächeln, schaffte es jedoch nicht so recht.

›Sie haben sich schon wieder geschlagen, Mr. Duncan‹, erklärte sie vorwurfsvoll.

Ich nickte, sagte aber nichts, denn es gab nichts zu sagen.

›Eines Tages werden Sie noch bei einer Schlägerei umgebracht‹, sagte sie warnend. ›Wissen Sie, daß Sie dem Tod heute ganz schön nahe waren?‹

›Dem Tod nahe war ich schon oft‹, antwortete ich müde. ›Wäre ich heute gestorben, hätte niemand um mich getrauert. Deshalb bin ich noch am Leben.‹ Ihre Augen brachten mich zum Schweigen. Ich hatte nicht auf ihr Mitleid spekuliert, wenn es vielleicht auch so geklungen haben mochte, aber sie bemitleidete mich auch nicht.

›Das ist eine faustdicke Lüge‹, meinte sie beiläufig. ›Ich kenne mindestens drei Leute, die es sehr bedauert hätten, wenn Sie gestorben wären.‹

›Und wer wäre das?‹

›Erstens Captain Harrison. Zweitens Douglas Steele und ...‹

›Und?‹ fragte ich drängend.

›... und ich‹, beendete sie den Satz.

›Kleine Lady‹, fragte ich leise, ›hätte es Ihnen wirklich etwas ausgemacht?‹

›Und ob‹, antwortete sie und sah mir in die Augen. ›Denn ich habe Sie gern, Billy Duncan.‹

›Und ich ...‹ Die heißen Worte drängten sich mir auf die Lippen, doch ich unterdrückte sie. Es würde ihr keine Freude und vielleicht nur Kummer bereiten zu wissen, daß ein rauher, hartgesottener Glücksritter sie mit der ganzen Kraft seines Daseins liebte und für sie in die Hölle und zurück gegangen wäre. ›Ich danke Ihnen‹, schloß ich.

›Nicht der Rede wert‹, erwiderte sie.

Es folgte eine kleine Verlegenheitspause, dann fragte ich: ›Was macht die Missionsarbeit?‹

Ihr Gesicht bekam einen bekümmerten Ausdruck, und ihre Mundwinkel zuckten. ›Nun ja, ich denke, ich komme gut voran, habe angefangen, die jüngeren Kinder zu unterrichten.

Aber Douglas‹, sie runzelte die Stirn, ›Douglas möchte, daß ich nach Hause fahre. Er sagt...‹ Sie unterbrach sich.

›Was sagt er?‹ fragte ich mit erwachendem Interesse.

›Oh, nichts. Es würde Sie nicht interessieren.‹

›Ich denke, es würde mich sehr wohl interessieren, bitte, kleine Lady‹, sagte ich und sah sie eindringlich an.

›Nun‹, antwortete sie zögernd, ›es ist wegen Juan Mardo.‹ Sie warf mir einen blitzartigen Blick zu, doch mein Gesicht war ausdruckslos. ›Douglas sagt, ihm gefällt nicht, wie er sich benimmt, aber meiner Ansicht nach hat er bisher noch nichts Unrechtes getan. Ich mag ihn nicht – nach dem Zwischenfall auf dem Boot wäre das auch nicht möglich –, doch er ist interessant, und er hat mir viel geholfen.‹

›Er hat Ihnen geholfen?‹ fragte ich und bemühte mich, meine Stimme völlig ausdruckslos klingen zu lassen.

Sie sah mich neugierig an und nickte.

›Anfangs konnte ich keinen von den kleinen Jap-

sen oder Chinesen bewegen, zu mir zu kommen. Ich habe mich sehr bemüht, aber es hatte keinen Sinn, die Eltern erlaubten es nicht. Dann kam Juan Mardo daher und behauptete, er könne sie umstimmen, und das hat er auch getan – ich habe mehr Kinder, als ich beaufsichtigen kann. Aber Doug ahnt Furchtbares.‹

›Das kann ich ihm nicht verübeln‹, sagte ich leise. »Und ich will Ihnen jetzt etwas erzählen, das ich vor kurzem zufällig gehört habe. Drei von unserer Crew haben sich an der Reling unterhalten, und ich verstehe recht gut Japanisch. Sie haben über Juan Mardo und Sie gesprochen.‹

›Über wen? Über mich?‹ rief sie erstaunt. ›Erzählen Sie weiter, das klingt ja aufregend!‹

›Sie haben gesagt‹, fuhr ich fort und beobachtete sie dabei, um zu sehen, welche Wirkung meine Worte auf sie hatten, ›sie haben gesagt, daß Juan Mardo ein Auge auf Sie geworfen hat und Sie haben will – egal wie!‹

Ihre Augen waren ganz groß geworden, während ich sprach, und ich wußte, daß sie sehr interessiert war.

›Du meine Güte!‹ stieß sie hervor, und ihr Lachen blitzte. ›Das ist aufregend.‹

›Kleine Lady‹, sagte ich, vielleicht wissen Sie nicht, was das heißt.‹

Sie kniff die Augen zusammen und warf mir einen raschen Blick zu. ›Aber ja doch, natürlich weiß ich das. Ich bin nicht so weltfremd.‹ Dann schweifte ihr Blick zu meinem Kopfverband, und wieder lachte sie mit blitzenden Zähnen. ›Haben Sie sich deshalb geschlagen?‹

Ich machte ein zorniges Gesicht, denn ich hatte nicht gewollt, daß sie das erfuhr.

Aber sie begriff schnell und erkannte die Wahrheit. ›Es gibt mächtig wenige Männer, die so für eine Frau kämpfen würden. Ich wünschte, ich könnte es Ihnen vergelten. Danke.‹ Und sie streckte mir die Hand entgegen.

›Sie haben es mir schon vergolten‹, sagte ich ziemlich schroff, wie ich fürchte, und nahm ihre Hand.

›Nicht der Rede wert.‹

Dann ging sie, und ich schlief bald ein. Mein Kopf hämmerte wie ein Schiffsmotor.

Als ich erwachte, mußte es ungefähr Mitternacht sein, und das Mondlicht fiel schräg durch das scheibenlose Fenster. In der kleinen Hütte war die Luft zum Ersticken, und mein Kopf war heiß und schmerzte. Ich stand auf, fischte eine Streichholzschachtel aus meiner Tasche und riß ein Zündholz an, fest entschlossen, Wasser zu finden. Auf dem Tisch stand ein Kerzenstummel, ich zündete ihn an und griff nach dem Eimer mit Wasser, den jemand (zweifellos der Doktor) neben meinem Bett auf den Boden gestellt hatte. Ich hatte ihn eben an den Mund gesetzt, als ich draußen hastige Schritte hörte; es folgte eine Pause und dann ein schüchternes Klopfen. Lautlos stellte ich den Eimer ab und griff nach meinem Messer, denn niemand, den ich kannte, würde mich zu einer so nachtschlafenden Stunde besuchen.

›Wer ist da?‹ fragte ich.

›Ich‹, kam leise die Antwort.

Die Tür flog auf, und da stand meine kleine Lady! Sie trug ein dünnes weißes Nachthemd und darüber einen rosa Seidenkimono, und

während sie dastand, raffte sie ihn am Hals nervös noch enger zusammen. Ihr blondes Haar war offen und zerzaust, und ihre bloßen Füße steckten in rosa Seidenpantoffeln. Ihre Lippen waren leicht geschürzt, sie atmete hastig, und als sie auf mich zukam, glänzten ihre Augen wie Sterne.

›Mein Gott!‹ stieß ich hervor und stürzte auf sie zu. Was machte sie hier um diese Zeit und so angezogen? ›Gehen Sie zurück!‹ rief ich leise. ›O Gott, kleine Lady, Sie dürfen nicht reinkommen!‹

›Wenn ich auf der Straße stehenbleibe, ist es genauso schlimm‹, antwortete sie leise. ›Außerdem muß ich mit Ihnen reden, Mr. Duncan – ich bin gekommen, um Sie um die Hilfe zu bitten, die Sie mir versprochen haben.‹

›Sie sind in Schwierigkeiten?‹ fragte ich, und irgend etwas würgte mich, als ich begriff, daß ich es war, an den sie sich um Hilfe gewandt hatte.

›Ja – und Douglas auch.‹

Ich zuckte zusammen, als sie seinen Namen nannte, und als ich die Augen dann über die

kleine Gestalt in dem engen rosa Gewand schweifen ließ, fühlte ich tödliche Kälte im Herzen, denn ich wußte, wenn sie jemand so gesehen hatte, würde ihr Leben die reinste Hölle werden.

›Kleine Lady, kann es nicht bis morgen warten?‹

›Ich weiß, was Sie von mir denken müssen‹, sagte sie leise. ›Aber es geht um Leben und Tod.‹

›Erzählen Sie‹, sagte ich kurz, weil ich sah, daß wirklich etwas Ernstes vorgefallen sein mußte.

›Nun ja – Douglas ist hinter Juan Mardo her und will ihn erschießen.‹

›Was?‹ rief ich erstaunt.

›Ja‹, fuhr sie bekümmert fort, ›er hat heute nachmittag seine Pistole geholt – und ich habe ihn seither nicht mehr gesehen ... Ach, Billy Duncan, das war ein furchtbarer Nachmittag! Ich bin zu Bett gegangen – und dann, vor fünf Minuten ungefähr, hörte ich jemanden die Straße zu den Docks hinunterrennen. Es war Juan Mardo.‹

›Und weiter.‹

›Gleich hinter ihm kam Doug – ich habe am

Fenster gestanden und ihn leise gerufen ... Haben Sie mich gehört?‹

Ich schüttelte den Kopf. ›Ich habe geschlafen. Und weiter?‹

›Doug ist nicht einmal stehengeblieben. Ich wußte, Sie würden mir helfen, also bin ich zu Ihnen gekommen.‹

›Und weiter?‹

›Das ist alles.‹

›Aber das ist noch nicht alles‹, sagte ich, und langsam ballte sich in mir eine unbändige Wut gegen das kleine Halbblut zusammen. ›Sie haben mir noch nicht alles gesagt.‹

›Doch, das habe ich‹, antwortete sie und rang nervös die Hände.

›Nicht alles. Warum ist Steele hinter Mardo her und will ihn umbringen?‹

Sie schien blaß zu werden. ›Doug – weil – er ist – oh ... Weil er ihn immer gehaßt hat.‹

›Ja‹, sagte ich, entschlossen, die Wahrheit aus ihr herauszuholen. ›Sagen Sie es mir, kleine Lady!‹

›Das ist der Grund.‹

Während ich sie eindringlich ansah, fielen mir

ein paar Geschichten über die Gemeinheiten ein, die das Halbblut begangen hatte, und ein schrecklicher Gedanke schoß mir durch den Kopf.

›Was hat Juan Mardo Ihnen angetan?‹ Ich überrumpelte sie geradezu mit der Frage. Sie blickte zu mir auf, und dunkle Röte stieg ihr vom Hals bis zum Haar.

›Nichts, ich schwöre es!‹ rief sie heftig.

Ich machte einen Satz auf sie zu und ergriff ihre Hände. ›Sagen Sie es mir!‹ stieß ich befehlend hervor.

›Sie tun mir weh.‹

›Sagen Sie es!‹

›Als ich heute nachmittag ins Haus ging, war er plötzlich da‹, flüsterte sie, sich immer wieder verhaspelnd. ›Er fing an, so merkwürdig zu reden. Ich wollte hineingehen – er hat gesagt ...‹ Sie unterbrach sich. ›Lassen Sie mich los.‹

›Sagen Sie es mir!‹

›Ich kann nicht – ich werde es Ihnen nicht sagen.‹

›Kleine Lady – war es – das?‹ Hastig hob sie den Blick, um in meinen Augen zu lesen, was

gemeint war, und neigte den Kopf. ›Gott! Und Sie ...‹

›Ich war wie betäubt – er hat versucht, mich zu küssen ... Lassen Sie mich los! Sie tun mir weh! Und da kam Doug heraus – er hatte alles gehört ... Juan Mardo rannte, und Doug holte seine Pistole. Ich habe versucht, ihn aufzuhalten, aber es war sinnlos.‹

›Und von mir wollen Sie ...‹

›Sie sollen Doug aufhalten!‹

›Ihn aufhalten – ihm helfen, meinen Sie!‹

›Nein! Nein!‹ rief sie heftig. ›Ich will nicht, daß meinetwegen Mardos Blut an Dougs Händen klebt. Sie müssen ihn aufhalten, Mr. Duncan, um meinetwillen!‹

›Vielleicht‹, sagte ich und sprach dann die Frage aus, die mir am Herzen lag. ›Kleine Lady, haben Sie die Absicht, Douglas Steele eines Tages zu heiraten?‹

Ein geisterhaftes Lächeln umspielte ihre Lippen, als sie antwortete: ›Vielleicht – warum?‹

›Weil‹, antwortete ich bedächtig, ›er mit reinen Händen zu Ihnen kommen muß.‹

›Dann werden Sie ihn also aufhalten?‹ rief sie glücklich.

›Ja – Juan Mardos Blut darf seine Hände nicht beflecken.‹ Ich gab ihre Hände frei.

Sie ging zur Tür und drehte sich dann mit Tränen in den Augen um. ›Gott segne Sie, Billy Duncan.‹

›Warten Sie einen Moment‹, sagte ich und ging ihr nach. ›Ich muß Ihnen etwas zeigen.‹ Ich zog mein Messer aus der Scheide, die an meiner Hüfte hing, und reichte es ihr.

Es war ein schöner, kleiner Dolch aus spanischem Stahl mit silbernem Griff, und sie nahm ihn mit glänzenden Augen.

Sie bemühte sich, in dem schwachen Licht die Worte zu entziffern, die in den Griff eingraviert waren.

›Amigo mio‹, sagte sie laut. ›Ist das Spanisch?‹

›Ja. Es heißt »mein Freund«, und es war mein Freund, und meine Freunde sind Ihre Freunde. Behalten Sie es.‹

›Es ist für mich?‹ Ihre Augen funkelten.

›Ja‹, sagte ich grimmig, ›ich fürchte, Sie werden

es eines Tages brauchen – und jetzt sollten Sie lieber gehen.‹

›Da haben Sie wohl recht. Auf Wiedersehen, Billy Duncan.‹ Und sie streckte mir eine Hand entgegen, es war die, in der sie das Messer hielt.

Da ich sie nicht schütteln konnte, bückte ich mich und küßte diese kleine weiße Hand. Als meine Lippen sie berührten, waren meine Augen dicht über ›Amigo mio‹, und ich schickte ein lautloses Stoßgebet zum Himmel; hoffentlich erwies sich der Dolch als ihr Freund, wenn sie ihn brauchte. Sie entzog mir die Hand und blieb mit Augen wie dunklen Brunnen einen Moment lang in der Tür stehen. Dann war sie fort.

Kapitel IV

Eine Woche später stand Captain Harrison im Ruderhaus und blickte besorgt auf das fallende Barometer. Ich war um diese Zeit am Ruder und hörte ihn etwas von einem mächtigen Sturm murmeln, der auf uns zukäme. Die Nacht war stickig, nicht die leichteste Brise blähte unsere traurigen schlaffen Segel. Die See war wie Glas, und wir lagen wirklich und wahrhaftig ›so ruhig wie ein gemaltes Schiff auf einem gemalten Ozean‹.

Wie schwarz und still die Nacht war! So ganz anders als die Mondnacht eine Woche zuvor, als die kleine Lady zu mir gekommen war, um meine Hilfe zu erbitten. Ich tat in jener Nacht mein Bestes, um das Vertrauen zu rechtfertigen, das sie in mich setzte, und obwohl ich ihr Vertrauen verdiente, wurde das Vorhaben, das ich mir selbst gesetzt hatte, kein Erfolg. Zehn Minuten nachdem die kleine Lady mich verlassen hatte, fand ich Douglas Steele im Hafen, wo er zwischen Kisten und Ballen das Halbblut suchte. Ich traf ganz plötzlich mit ihm zusammen, als ich um eine große Kiste herumkam und er mir seine Pistole in den Bauch bohrte. Ich war nicht überrascht, ich war auf eine solche Begegnung vorbereitet gewesen; nicht vorbereitet gewesen war ich jedoch auf den Mann, mit dem ich zusammentraf. Anstatt des halb hysterischen Jungen, den ich erwartet hatte, stand ein Mann mit grimmigem Gesicht und kühlem Kopf vor mir. Er versuchte nicht, seine Enttäuschung darüber zu verhehlen, daß ich nicht der war, den er suchte, und fluchte leise. Und dort auf dem

Kai, wo das trübe Wasser unter uns gegen die Bohlen schwappte, erzählte ich ihm, was die kleine Lady gesagt hatte.

Er sah mich einen Moment neugierig an und fragte dann ruhig: ›Duncan, wenn Sie Miss Ross liebten, würden Sie dann einen solchen Satan frei herumlaufen lassen?‹

›Ich habe nicht die Absicht‹, sagte ich. ›Ich selbst werde ihn töten.‹

›Verzeihen Sie, aber er ist mein Wild‹, stellte Steele kühl fest.

›Hören Sie mich an, Steele‹, sagte ich und wußte kaum, wie ich es ausdrücken sollte‹, ›Sie gehören zu den Kreisen der kleinen Lady, und eines Tages – werden Sie sie heiraten.‹ Er warf mir einen raschen Blick zu, sagte aber nichts. Ich fuhr fort: ›Steele, Sie können nicht mit dem Blut eines Mannes an den Händen zu ihr gehen, gleichgültig, was für eine Bestie dieser Mann ist. Sie würde es nie vergessen.‹

›Das mag sein, wie es will‹, stieß er abgehackt hervor, ›ich werde ihn töten.‹

›Sie wollen sagen, *ich* werde ihn töten.‹

Wir stritten eine halbe Stunde lang im Mondlicht, und ich überredete ihn schließlich, auf meinen Plan einzugehen, aber er tat es, weiß der Himmel, widerwillig genug. Er gab mir seine Pistole, und ich versprach ihm, die Waffe unter einer großen Kiste zu deponieren, sollte ich in der Nacht keinen Erfolg haben. denn die ›Caliban‹ kam mich um fünf Uhr morgens holen. Schließlich schüttelten wir uns die Hände, und er lief die holprige Straße hinauf, ein vollkommenes junges Tier, das die beste Zeit seines Lebens noch vor sich hatte.

Die ganze restliche Nacht suchte ich im Hafen und seiner Umgebung nach Juan Mardo, fand ihn aber nicht. Als daher bei Sonnenaufgang die ›Caliban‹ am Kai anlegte, versteckte ich die Pistole unter der Kiste und ging, immer wieder zu Señora Castros kleinem Haus zurückblickend, an Bord. Ich tastete in meiner Hüfttasche nach der schweren Automatikwaffe, die ich in Yindano erstanden hatte, denn ich ging gut vorbereitet nach Laysen. Dann kam der Captain zu mir auf die Brücke.

›Bill, bald wird ein furchtbarer Sturm ausbrechen.‹

›Ein Taifun, schätze ich‹, sagte ich sorglos, denn ich dachte an andere Dinge.

›Das glaube ich nicht. Etwas Ähnliches habe ich nie gesehen. Wir müssen einen Hafen anlaufen.‹

›Laysen liegt am nächsten‹, sagte ich. ›Bei gutem Wind könnten wir es in drei Stunden schaffen.‹

›Wir haben nur keinen Wind‹, knurrte der Captain. ›Hau dich hin, Bill, und schlaf ein bißchen. Übergib Sung Lo das Ruder. Dich werde ich später dringend brauchen.‹

Ich überließ dem Chinesen das Ruder und ging nach unten. Wie lange ich schlief, weiß ich nicht, aber als ich aufwachte, stampfte das Schiff furchterregend. Die Luft stank nach Schwefel, und einer von der Besatzung hämmerte an meine Tür. Als ich an Deck kam, hüllte mich eine Wolke heißer Asche ein und erstickte mich fast. Ich tastete mich auf die Brücke zu Captain Jim, der am Ruder stand. Er umklammerte es mit

seiner ganzen Kraft und versuchte zu verhindern, daß die ›Caliban‹ von den haushohen Wellen unter die Wasseroberfläche gedrückt wurde. Als ich ihn erreichte, traf uns ein Regen glühender Schlacke, und der Captain taumelte zurück.

›Nimm das Ruder, Bill!‹ brüllte er mir durch das Getöse zu, ›und halte es gerade. Ich muß mich um die Männer kümmern.‹

›Was ist das?‹ stieß ich keuchend hervor und packte das Ruder des schlingernden Schiffes.

›Vulkanausbruch, irgendwo‹, hörte ich noch, dann war er verschwunden. Ich ließ das Ruder einen Moment los, um mir ein Taschentuch vor die Nase zu binden, und dann hängte ich mich wieder an das Rad, als ging's um mein Leben.

Das Deck war plötzlich mit Seevögeln übersät, einige waren tot, andere flatterten mit den Flügeln und kreischten, so daß der Lärm und die Verwirrung in diesem Inferno noch zunahmen. Ununterbrochen fielen heiße Asche und brennende Schlacke hinab, brannten sich durch mein Hemd, versengten mir die Haut. Das Licht über dem Kompaß wurde zertrümmert, aber

vorher hatte ich gesehen, daß die Kompaßnadel sich wie verrückt im Kreis drehte. Über den Aufruhr des Wassers hinweg hörte ich schwach die entsetzten Schreie der Mannschaft und die Stimme von Captain Jim, der Befehle bellte. Gaswolken überrollten uns, und ich begann zu würgen, aber ich ließ das Ruder nicht los. Die ›Caliban‹ wurde auf Wellenkämme hinaufgetragen, wie hoch hinauf, konnte ich nicht sehen, und schoß dann wild schlingernd hinunter in die Gischt. Eine Welle nach der anderen überflutete unsere Decks, und ich bemerkte, daß das Wasser heiß war. Immer noch regnete brennende Schlacke auf mich, und als der Captain sich wieder zu mir durchgeschlagen hatte, war ich halb bewußtlos.

›Mach das Ruder fest, und geh hinunter‹, befahl er heiser, und ich gehorchte benommen; zum Glück half er mir.

Nachdem wir getan hatten, was wir konnten, kämpften wir uns zum Niedergang vor und gingen hinunter. Erschöpft fiel ich zwischen die stinkende, wimmernde, in allen Winkeln

und Ecken kauernde Mannschaft und schlief bald ein.

Als Captain Jim mich weckte, war es Morgen. Die Sonne brannte vom Himmel, kein Lufthauch regte sich, und die ruhige See war mit öliger grauer Asche bedeckt. Kein Wind blähte unsere Segel, und wir lagen stundenlang in der Kalme. Einen heißeren Tag als damals habe ich nie wieder erlebt. Die Sonne versengte die Haut, und die Decksplanken fühlten sich an wie eine heiße Herdplatte. Sogar die Chinesen und die Japse, die solche Hitze gewohnt waren, litten an jenem Tag, und der Captain und ich trieften vor Schweiß. Wir beide wären in dieser Hitze wohl umgekommen, hätten wir in Yindano kein Eis an Bord genommen.

Mit dem Sonnenuntergang kam eine frische Brise auf, und wir nahmen Kurs auf Laysen. Der Sturm hatte uns ein gutes Stück von unserer Route abgetrieben, aber wenn der Wind anhielt, könnten wir um Mitternacht im Hafen einlaufen. Der Wind hielt an, und ich schlief in dieser Nacht mit angenehmen Gedanken ein.

Morgen würde ich meine kleine Lady sehen. Ich träumte gerade so schön, als eine rauhe Hand mich weckte. Der Captain stand neben mir, aschfahl unter der Bräune, und ich wußte sofort, daß etwas Entsetzliches passiert war.

›Bill, auf welchem Breitengrad liegt Laysen?‹

Ich sah, daß er Bleistift und Papier in der Hand hielt, und sagte es ihm.

›Ich habe es gewußt – aber ich habe gedacht, ich träume.‹

›Was ist los?‹

›Bill, weißt du, daß wir jetzt genau da sind?‹

›Nein‹, antwortete ich, allmählich verblüfft. ›Ist es zwölf Uhr? Dann müßten wir schon in Laysen sein.‹

›Verstehst du denn nicht? Wir sind hier, aber Laysen nicht.‹

Es dauerte eine ganze Minute, bevor die entsetzliche Bedeutung seiner Worte in mein Bewußtsein drang. Irgendwie war ich völlig gefühllos, zu keinem Gedanken fähig; ich stand nur da und starrte ihn an.

›Nein – das ist doch ein Witz‹, brachte ich

endlich heraus, aber noch ehe er antwortete, wußte ich, daß es ihm ernst war mit dem, was er sagte. Er schien um zehn Jahre gealtert, das Haar weißer, das Gesicht hagerer, gebrochen.

›Ich habe mittags mit Hilfe der Sonne unsere Position errechnet‹, sagte er tonlos. ›Wir sind jetzt direkt über Laysen.‹

›Gott! Dann ...‹

›Laysen ist im Sturm versunken.‹ Er blickte mir in die Augen, und wie mit einem Donnerschlag wurde mir plötzlich die ganze Bedeutung seiner letzten Worte bewußt. Meine Gedanken wirbelten durcheinander, ich war unfähig zu begreifen. Stumm starrte ich ihn an und sah dieselbe Erkenntnis in seinem Blick. Die kleine Lady!

›Vielleicht irren wir uns‹, sagte Captain Jim unsicher.

›Sung Lo ist vom Kurs abgekommen!‹ rief ich und klammerte mich an die winzige Hoffnung wie der Ertrinkende an den sprichwörtlichen Strohhalm.

›Ich habe am Ruder gestanden‹, antwortete er düster. ›Komm an Deck, Bill.‹

Frag mich nicht nach dieser Nacht und auch nicht nach dem nächsten Tag. Ich war wie betäubt, unfähig zu begreifen, was geschehen war. Captain Jim kreuzte den ganzen Vormittag umher, aber ich konnte an nichts anderes als an meine kleine Lady denken – so wie ich sie zuletzt gesehen hatte. Sie hatte im Türrahmen gestanden, mit tiefem, nicht zu enträtselndem Blick, ›Amigo mio‹ an die Brust gepreßt, und ihr rosa Kimono hatte in der leichten Brise geflattert. Und sie sollte ich nie wiedersehen? Nie wieder ihr jungenhaftes Lachen hören, die ausgelassenen Teufelchen in ihren Augen sehen? Nie wieder ihre Nähe, ihre süße Weiblichkeit spüren? Nie – nie wieder?

Mittags maß der Captain wieder mit dem Sextanten die Höhe der sengenden Sonne und bestätigte unsere Position. Es war kein Irrtum möglich. Laysen war spurlos verschwunden. Die See hatte die Insel verschlungen.

Wir kreuzten bis zum Nachmittag, hofften wider jede Vernunft, daß alles ein grausamer Alptraum war, daß wir doch irgendwie einen

monströsen Fehler gemacht hatten. Endlich aber nahmen wir Kurs auf Yindano, um die traurige Botschaft zu überbringen. Kurz vor Sonnenuntergang holte mich ein Ausruf unseres Rudergängers aus meiner Kabine an Deck.

›Boot ahoi!‹

›Bill!‹ rief jetzt auch der Captain mit unbeschreiblicher Freude. ›Bill, komm rauf! Du verdammter Hurensohn! Da ist das weiße Boot!‹

Ich folgte dem Ruf schneller, als ich je dem Befehl eines Mannes gefolgt war. Ich wußte nicht, was er meinte, aber seine Stimme konnte nur aus einem einzigen Grund so klingen. Die ganze Besatzung stand an der Steuerbordreling, schnatterte aufgeregt und hüpfte herum. Ein paar von ihnen derb aus dem Weg schiebend, erreichte ich Captain Jim, und meine Augen suchten, worauf er mit zitterndem Finger zeigte. Die Sonne sank mit flammender Pracht, und die roten Wirbel im Westen versprachen einen weiteren brennend heißen Tag. Auf dem Wasser lag ein blutiger Pfad, und mittendrin kam voll aufgetakelt das kleine weiße Boot auf uns zu.

Und während es sich näherte, vergnügt auf den Wellenkämmen reitend und die Wogen sanft auf und ab schaukelnd, überkam die schwatzende Mannschaft eine seltsame Stille.

›Ahoi, Segelboot!‹ rief Jim übers Wasser.

Atemlos warteten wir auf eine Antwort, doch es kam keine. Näher kam das kleine Boot, mit Segeln, die sich im Wind blähten, und ich erkannte, daß es dasselbe war, auf dem ich vor einem Monat die kleine Lady gesehen hatte.

›Ahoi, ihr da drüben! Warum antwortet ihr nicht?‹ schrie der Captain ärgerlich und wartete. Aber mit trostlosem, schwerem Herzen wußte ich schon jetzt, daß von dem kleinen weißen Schiff nie eine Antwort kommen würde.

›Bill, schau doch‹, flüsterte Captain Jim, als es noch näher kam. ›Dort – dort an Deck liegt etwas. Es ist ein Mann.‹

Ich sagte: ›Zwei Männer, denke ich.‹

›Nein, drei‹, korrigierte er mich heiser.

Plötzlich setzte wieder das ohrenbetäubende Gequassel der Mannschaft ein, und der Captain flüsterte mir zu: ›Laß ein Boot zu Wasser, Bill.‹

Ich befahl, ein Boot herabzulassen, und der Captain und ich und vier Japse ruderten zur ›Merry Maid‹ hinüber, denn dieser Name stand am Bug. Wir beide kletterten auf das kleine Bootsdeck, und ich ging zu dem ersten Körper. Es war ein Japaner, mit ein paar Messerstichen im Leib, aber getötet durch eine Brustwunde. Der Captain und ich sagten nichts, wechselten nur einen Blick und gingen zum nächsten. Wir drehten ihn um und stellten fest, daß es ein großer Kanake war, ein schurkischer Kerl, Gefolgsmann von Juan Mardo. Auch er war an einer Schußwunde gestorben. war aber vorher zusammengeschlagen worden und hatte schlimme Blutergüsse im Gesicht.

›Ich frage mich –‹, flüsterte der Captain. Die dritte Leiche lag in der Nähe des zerbrochenen und leeren Bootsfasses, und schon bevor der Captain sie umdrehte, wußte ich, wer es war.

›Juan Mardo‹, sagte Captain Jim grimmig, als er ihn untersuchte. ›Nur ein Stich in der Schulter. Guter Gott, Bill, es muß furchtbar sein zu verdursten.‹

›Er wurde nicht erschossen?‹

›Nein. War nur ein bißchen angeschlagen. Irgendwo muß ein schwerer Kampf stattgefunden haben. Er ist gestern in dem Inferno verdurstet. Seinem Aussehen nach zu schließen, war es kein leichter Tod.‹

›Offensichtlich nicht‹, war alles, was ich sagte, doch als ich das verzerrte Gesicht betrachtete, empfand ich fast ein wenig Mitleid mit ihm.

In den Tropen zu verdursten ist ein entsetzlicher Tod. Wir drehten Mardo wieder um, damit wir sein Gesicht nicht mehr sahen, und jetzt erst entdeckte ich die breite Blutspur, die über das Deck in die winzige Kabine führte.

›Bill‹, sagte Captain Jim mit rauher Stimme, ›die Kabine.‹

›Ja‹, antwortete ich dumpf, denn ich hatte das Gefühl, mich durch einen Traum zu bewegen. Wir zögerten beide, wollten das Schlimmste wissen und fürchteten uns vor dem, was uns in der Kabine erwartete. Schließlich aber ging ich auf der blutigen Spur die drei flachen Stufen in die Kabine hinunter, dicht gefolgt von Captain

Jim. Die rote Sonne schien schräg durch die Bullaugen und tauchte den kleinen Raum in ein düsteres Licht, aber der schnelle Wechsel vom Licht ins Halbdunkel blendete mich, so daß ich anfangs kaum etwas sah.

Das erste, was ich dann ausmachen konnte, waren zwei nackte Füße, mit Schmutz und Brandwunden bedeckt und von spitzen Steinen aufgerissen.

›Douglas Steele‹, flüsterte Captain Jim heiser.

Er war es wirklich. Ich sah inzwischen wieder gut, die Sonne sank tiefer, und das Licht war besser. Er lag inmitten einer großen Lache getrockneten Blutes auf dem Rücken und trug nur eine versengte und verrußte Pyjamahose. Seine bloße Brust war mit Messerwunden übersät – mit langen Rissen und Schlitzen, die von der Schulter bis zur Taille reichten, mit kleinen, tiefen Stichen und kurzen, gezackten Wunden wie von einem Hackmesser. Es war Douglas Steele, den ich zuerst sah. Ich erfaßte ihn mit einem Blick und dann ...

›Reiß dich zusammen, Bill‹, hörte ich Captain

Jims bebende Stimme an meinem Ohr – dann sah ich meine kleine Lady.

Sie lehnte mit dem Rücken an der Wand und hielt Douglas Steeles Kopf auf dem Schoß. Ihre Augen waren geschlossen. Sie war leblos, aber ein unbeschreibliches Lächeln lag auf ihren Lippen – das Lächeln eines Siegers. Sie war so bekleidet, wie ich sie zuletzt gesehen hatte – vor, Gott allein wußte, wie vielen Jahrhunderten –, mit dem weißen Nachthemd und dem rosa Seidenkimono.

Wie ein Traumwandler ging Captain Jim auf Zehenspitzen zu ihr und griff liebevoll nach dem rosa Seidengewand.

›Bill‹, sagte er leise, und auch ich ging zu ihr hinüber. ›Schau, Bill!‹ Und er zog den Kimono über ihrer Brust auseinander. Die letzten Strahlen der Sonne ruhten glänzend auf ihr. Aus der weißen Brust ragte, bis ans Heft hineingestoßen, mein Dolch – mein ›Amigo Mio‹.

Ich erinnere mich, daß mich sogar in dieser dunklen Stunde freudige Erregung packte, als mir bewußt wurde, daß er wirklich ihr Freund

gewesen war, als sie ihn brauchte. Sie hatte nicht sehr geblutet, der Dolch selbst hatte die Flut zurückgehalten.

Als die Sonne hinter dem Horizont verschwand, schoß ein roter Strahl in die Kabine und traf voll ihr Gesicht, übergoß ihre weißen Wangen mit sanfter Röte, ihr Lächeln schien aufzublitzen wie früher – und die Sonne sank.

Ich habe nie erfahren, was als nächstes geschah. Irgend etwas in mir schien zu zerbrechen. Irgendwann später hörte ich von weit weg Captain Jims Stimme: ›Er hat sie durch die ganze Hölle aus Lava und heißer Asche getragen – er war ein Mann, dieser Junge. Sie müssen an Bord dieses Bootes gegangen sein – und auch Mardo und seine Japse müssen es geschafft haben, der Hölle aus Rauch und dem Inferno zu entkommen. Gott im Himmel, Bill, was muß das für ein Kampf gewesen sein, nachdem der Sturm sich ausgetobt hatte! Ohne Zweifel hat der Junge ein paar von den Kerlen über Bord geworfen. Hier ist seine Pistole.‹

Er hob eine Pistole auf, die neben dem Toten

lag. ›Leer‹, sagte er ruhig, als er das Magazin überprüfte. ›Er hat die kleine Lady in die Kabine gebracht und draußen gegen diese Teufel gekämpft, bis ihre Messer ihn trafen. Blutend muß er mit seiner leergeschossenen Pistole zu ihr gekrochen und in ihren Armen gestorben sein. Und dann‹, Captain Jim sah mir ernst in die Augen, ›dann hörte die kleine Lady Juan Mardo kommen – und, Bill –, sie benutzte »Amigo Mio«. Gott segne ihr tapferes, kleines Herz – sie hatte keine Angst davor zu sterben!‹

Ich saß ganz still im Halbdunkel, denn ich hatte den Boden unter den Füßen verloren. Nichts gab es mehr, wofür es sich zu leben lohnte. Das Leben war öde, leer. Die Sonne war von meinem Himmel verschwunden, und alles lag finster.

›Komm, Bill‹, sagte der Captain sanft, ›wir müssen jetzt gehen.‹ Ich stand müde auf und folgte ihm. Bei der Tür drehte ich mich um und sah im Zwielicht undeutlich die Umrisse von Douglas Steeles langem, schlankem Körper. Etwas stieg mir in die Kehle und würgte mich.

›Danke, Steele‹, sagte ich leise, als sei er noch am Leben. ›Danke.‹

Und ›danke‹ sagte auch Captain Jim.

Im immer tiefer werdenden Zwielicht standen Captain Jim und ich barhäuptig an der Reling und sahen die ›Merry Maid‹ langsam sinken. Wir hatten die Leichen von Juan Mardo und seinen Männern in die Kabine getragen, die Lukendeckel zerschlagen und dann unter der Wasserlinie ein Loch in den Boden gerammt. Als es noch dunkler wurde, sank das Boot schneller und mit ihm mein Herz, meine Hoffnungen, mein Leben.«

Irgendwo im Südpazifik liegt ein kleines weißes Boot mit einer sonderbaren Besatzung – einem Satan und zwei von seinen Gehilfen, mit einem Mann, der ein Mann gewesen war, und einer Frau, der ihre Ehre viel, viel mehr bedeutete als ihr Leben.

Finis – (offensichtlich)

NACHWORT

Die Veröffentlichung von *Insel der verlorenen Träume* und der dazugehörigen Briefe und Photographien war eine gemeinsame Entscheidung des Nachlaßverwalters Mitchells, der Familie von Henry Love Angel und dem Road to Tara Museum in Reaktion auf das überwältigende öffentliche Interesse in aller Welt. Im Namen von Historikern, Wissenschaftlern und Fans von Margaret Mitchell ergeht an sie alle ein Dankeschön, weil sie dieses Stück Geschichte und die Erinnerung an die große Schriftstellerin bewahrt haben.

Sorgfältig wurde überlegt, was Margaret Mitchell selbst gewollt hätte. Im Jahr 1935 gab sie ihr *Vom Winde verweht* nur sehr widerstrebend dem Verlag Macmillan zur Veröffentlichung und versuchte dann, es zurückzuziehen, doch das liegt mehr als ein halbes Jahrhundert zurück. Heute, anno 1995, wäre sie 95 Jahre alt, und wahrscheinlich hätte sich die wandelbare Margaret Mitchell weiter verändert, genauso wie die Welt sich veränderte, die sie einst kannte.

Es mag schwierig sein, sich vorzustellen, wie Margaret Mitchells Welt vor einem dreiviertel Jahrhundert aussah. Wir können Namen und Daten lernen, viel schwieriger ist es jedoch zu begreifen, welche Ansichten damals vorherrschend waren und wie es dazu kam. Heutzutage gibt es keine Diskussion darüber, daß bestimmte Ausdrücke und Charakterisierungen der Erzählung unangemessen sind; jedoch so sehr Mitchell als Frau ihrer Zeit auch voraus war, so sehr gehörte sie ihr andererseits auch an. Und während *Vom Winde verweht* sich thematisch mit einer Periode der amerikanischen Geschichte auseinandersetzt, die den meisten Lesern vertraut ist, ist die Haltung der amerikanischen Öffentlichkeit gegenüber dem Fernen Osten in den ersten Jahrzehnten dieses Jahrhunderts nicht so leicht nachvollziehbar. Im Jahr 1916 hatte der Erste Weltkrieg in Europa Halbzeit. In den Vereinigten Staaten war der Patriotismus zu neuer Glut entfacht worden, aber zugleich machten sich Borniertheit und Intoleranz breit. Einwanderungsgesetze wurden erlassen, und Stimmen in der amerikanischen Presse kündeten lauthals von der »Gelben Gefahr«. Die Amerikaner fürchteten den japanischen Imperialismus im Pazifik, obwohl die Japaner nur der jahrzehntealten Praxis der Westmächte nacheiferten, die eifrig ihrer ›offensichtlichen Bestimmung‹ nachgekommem waren.

Der gesamte Text dieser Novelle und die Briefe erscheinen unverändert so, wie Margaret Mitchell sie vor mehr als einem dreiviertel Jahrhundert niedergeschrieben hat, kein Wort wurde verändert. Margaret Mitchell schrieb die Novelle und viele ihrer Briefe mit Bleistift und ausschließlich in Langschrift. Für den ungeübten Leser ist Margarets schräge Handschrift schwer zu entziffern. Einige Zeichen oder Worte sind fast unleserlich. In manchen Abschnitten sehen ihre Punkte und Kommata völlig gleich aus oder fehlen ganz. Beim Abschreiben von Margaret Mitchells handgeschriebenem Text von *Insel der verlorenen Träume* wurde an der Urfassung nichts verändert, es sei denn, es war nötig, den Text verständlicher zu machen, was durch eckige Klammern angezeigt wurde; manchmal wurden ein paar Satzzeichen hinzugefügt oder weggelassen, wodurch, anders als im Manuskript, gelegentlich ein Wort mit Großbuchstaben geschrieben oder der Anfang eines Absatzes verändert werden mußte.

Auf mehreren Seiten der Aufsatzhefte und auf ihren Umschlägen stehen manchmal völlig zusammenhanglos Worte oder Sätze, die nicht zur Geschichte gehören. Diese Stellen wurden weggelassen. Vielleicht wäre es wichtig zu erwähnen, daß das Wort »Pledge«, Pfand, Gelöbnis, auf der vorderen Umschlagseite des ersten Aufsatzheftes steht und der Untertitel auf beiden Umschlägen *The Little Lady Unafraid (Die kleine unerschrockene Lady)* lautet. Auf der Innenseite hat Mitchell die Titel anderer inzwischen wahrscheinlich vernichteter Erzählungen aufgelistet: *Man Who never had a Chance (der Mann, der nie eine Chance hatte); Fortunes of the Four (Glück bzw. Vermögen der Vier); Silver Spurs – or Comrades Three (Silberne Sporen – oder Drei Kameraden)* und *The Lady-Doc (Die Ärztin).*

Debra Freer,
Historikerin und Forscherin,
im Oktober 1995

DANKSAGUNG

Debra Freer möchte folgenden Personen und Institutionen für ihre Hilfe bei diesem Unternehmen ganz besonders danken:
Patsy Wiggins, der Gründerin des Road To Tara Museum, ohne deren Inspiration und Ermutigung diese Veröffentlichung nicht möglich gewesen wäre; Henry und Louise Angel jr. für ihre Erinnerungen und auch dafür, daß sie Margaret Mitchells Schriften und Photos so sorgfältig aufbewahrt und gehütet haben; The Estate of Stephens Mitchell (Erbe von Margaret Mitchells Schriften) für die Unterstützung dieses Projektes und die Erlaubnis, Margaret Mitchells Schriften zu veröffentlichen; Courtenay Ross McFadyen und den Nachkommen von Mitchells anderen Freunden – Sarita Hiscox Britton, Dorothy Reeves, Jessie Summers und Barry Wilkins, die großzügig ihre Erinnerungen preisgaben; Mary Ellen Brooks und dem Personal der Hargrett Library and Archives, University of Georgia, für ihre Geduld und Hilfe; Franklin Garrett und dem Personal der Atlanta History Center Archives; dem Personal der Emory University in der Woodruff Library; Alice McCabe und Bill Baughman, Gwinnett County Historical Society; Wesley Martin, Suwanee Historical Society; den Angestellten des Westview Cemetery; dem Personal des Road to Tara Museum; Susan Moldow; Scott Moyers; Barry Kaplan; Barbara Trimble MacFarlane; Ellen Born; Mary Hopkins Fleming; und meinen geduldigen Freunden und meiner nicht minder geduldigen Familie.

ANMERKUNGEN

1   Freer, S. 56
2   Die beiden Zentralfiguren aus *Vom Winde verweht*, vgl. Freer, S. 56
3   Margaret Mitchell äußerte in ihrem Testament nie den Wunsch, daß Ihre Schriften vernichtet werden sollen, doch ihr Mann John Marsh erklärte in seinem letzten Willen, sie habe darum gebeten, und nennt die zu vernichtenden Dinge, unter anderem die Urfassung von *Vom Winde verweht*. Zunächst übernahm er die Vernichtung von Margaret Mitchells Schriften und persönlichen Papieren, und nach seinem Tod führte Margarets Bruder Stephens Mitchell den Wunsch aus.
4   Im August 1994 berichtete mir die Direktorin des Road to Tara Museum, Patsy Wiggins, daß Henry Angel jr. angerufen und das Museum über die Briefe, Photos, etc. seines verstorbenen Vaters informiert habe. Im September besuchte Angel das Museum mit einigen Stücken, die er zum Verkauf anbot. Das Museum ersuchte mich dann, mich mit Angel zu treffen und mir anzusehen, was er hatte. Während dieser Unterredung waren die Briefe auf einem Küchentisch ausgebreitet. Die Negative und die Photographien lagen, zusammen mit anderen privaten Bildern Angels, in einem Schuhkarton und erforderten eine peinlich genaue Auswahl, da er die Photos von Mitchell und ihren anderen Freunden weder gekennzeichnet noch getrennt aufbewahrt hatte. Viele Abzüge waren erst kürzlich von den Negativen gemacht worden, doch über die Anzahl der Kopien oder ihren Verbleib war nichts bekannt. Es fanden sich fünfzehn Korrespondenzschreiben, darunter zwei Einladungen zu der Hochzeit von Courtenay Ross und der von Helen Turman. Der Inhalt der Erzählung in den zwei Aufsatzheften war damals nicht bekannt. Angel sagte auch, bei den Erinnerungsstücken habe ein Ring gelegen, doch über seinen Verbleib sei nichts bekannt. Angel wurde sehr eingehend nach seiner Familie und der Geschichte der Briefe und Photos befragt. Er gestand auch, daß er einmal daran gedacht habe, die Erzählung an eine Zeitschrift wie Redbook zu verkaufen, es aber aus Rücksicht auf Stephens Mitchell unterlassen habe.

5 Angel jr.
6 Marsh, S. 42
7 Es gibt noch mehr Ähnlichkeiten zwischen *Insel der verlorenen Träume* und *Vom Winde verweht*, doch im Text wird nur auf einige besonders hingewiesen; eine weitere Parallele besteht zwischen der Passage in *Vom Winde verweht*, in der Tony Fontaines Schwägerin überfallen und dann ihre Ehre gerächt wird, und einem Abschnitt in *Insel der verlorenen Träume*; dort ist die Heldin Courtenay das Opfer, und Steele und Duncan treten als Rächer auf. Es herrschen außer den in diesem Absatz erwähnten noch weitere Übereinstimmungen zwischen Mitchells eigenem Leben und ihren Werken.
8 Harwell, Atlanta Historical Journal, S. 27
9 Shavin und Shartar, S. 7
10 Peacock, S. 15
11 Farr, S. 159
12 Übereinstimmende Photographien in der Mitchell Marsh Collection, University of Georgia
13 Beide Zitate aus Peacock, S. 13
14 Die Schulphotographien aus *Facts and Fancies* stellte uns freundlicherweise das Atlanta History Center zur Verfügung.
15 Courtenay Ross MacFadyen, Interview auf Audiokassette, 1980
16 Pyron, S. 131 f.
17 Buster Brown, Comic-strip-Figur von Richard F. Outcoult, amerikanischer Künstler, gest. 1928
18 Facts and Fancies, 1917-1918
19 Henry jr. sagte auch, daß Henry Love Angel in einer Garage der Innenstadt gearbeitet habe; den Vergaser erfand er möglicherweise in den dreißiger Jahren, aber Ford hatte das Patent schon angemeldet.
20 Peacock, S. 90
21 Aussage von Angel jr., bestätigt durch das Originaldokument
22 Armeehistorikern zufolge endete die Militärzeit bei Kriegsende, es sei denn, jemand wurde besonders gebraucht oder verpflichtete

sich erneut. Henry wurde im Juli 1919 aus »wirtschaftlichen Gründen« ehrenhaft entlassen.

23 Die Bildunterschrift bezieht sich auf einen Ring, den Mitchell trägt. Laut Angel jr. lag ein Ring bei den Briefen, Aufsatzheften und Photos, als er die Sachen bekam. Obwohl bei Interviews erwähnt, wurde der Ring später von dem übrigen Material getrennt und verlegt, bevor das Museum das Material erwerben konnte. Als diese Anmerkungen geschrieben wurden, hatte die Familie Angel den Ring noch nicht wiedergefunden. Erwähnenswert ist, daß während der Depression anderer Familienschmuck verkauft wurde, nicht aber dieser Ring.

24 Die Beschreibung der Shadowsbrook Farm stützte sich auf private Photographien und die Erinnerungen von George B. Wilkins, wie von seinem Sohn Barrat Wilkins geschildert. George W. Wilkins war der Vater der Shadowsbrook-Gäste Phyllis, George B. und Bernard Wilkins und der Freund von Victor L. Smith. Beide, Wilkins und auch Smith, waren »Offiziere der Atlanta Music Festival Association«, die die Metropolitan Opera nach Atlanta geholt hatte. Durch seine Firma Cable Piano war Wilkins auch ein bedeutender Sponsor der Theaterproduktionen des Washington Seminary's, in denen Margaret Mitchell und Courtenay Ross als Schauspielerinnen auftraten.

25 Laut Gwinnett County Tax Digest, 1890-1923, besaß Victor L. Smith (1867-1947) in der Zeit 1919/20 eine »Gentleman's Farm« von ungefähr vierhundert Hektar. Den veröffentlichten Berichten zufolge hatten Smith und seine erste Ehefrau Caroline Johnston Smith (die beim Roten Kreuz gearbeitet hatte) erst kurz zuvor ihren Wohnsitz von Atlanta nach Shadowbrook verlegt. Jedenfalls hörte die Shadowbrook Farm ungefähr drei Jahre nach dem vorzeitigen Tod von Mrs. Smith im Jahre 1919 auf, in der Form zu existieren, wie man sie gekannt hatte und wie sie auf den Photographien dokumentiert ist.

26 In den zwanziger Jahren Mädchen, die sich in Kleidung und Benehmen über die Konventionen hinwegsetzten

27 Grammophon der Marke »Victrola«

28 Helen Turman, eine Freundin von Margaret, die das Barnard College besucht hatte. Kurz zuvor hatte ein Nachrichtenblatt sie bei einer Suffragetten-Ralley in New York gezeigt.
29 Interview mit Summers. Jessie Summers ist die Tochter von Jessie Brown, die mit ihren Schwestern Frances und Ruth Brown (ehemalige Mitschülerin aus dem Washington Seminary) mit Margaret Mitchell befreundet waren.
30 Summers
31 Die Identifizierung der Clique bei der Hausparty Nr. 3 wurde durch Dorothy Reeves, Tochter der Mitchell-Freundin Phyllis Wilkins, und andere private Photographien ermöglicht.
32 Die dramatische Schilderung des flaggengeschmückten Sarges auf dem Bahnsteig in Mitchells Brief erinnerte Henry jr. immer stark an eine ähnliche Szene in *Vom Winde verweht*.
33 Über einer Quelle erbautes Lagerhaus, in dem Molkereierzeugnisse und Fleisch kühl und frisch gehalten wurden
34 Peacock, Seite 107; man beachte, daß Peacock den Namen des anderen Gastgebers mit Hitchock angibt; der Name ist jedoch falsch – eine Verballhornung von Hiscox.
35 Photographie von Margaret Mitchell aus der Mitchell Marsh Collection. Wir verdanken sie dem Entgegenkommen der Hargrett Rare Book and Manuscript Library, University of Georgia Libraries, Stephens Mitchell Trust.
36 Brief Mitchell an Edee; Auszug aus Peacock, S. 116 – 119
37 Walker, S. 10 f.
38 Obwohl Margaret Mitchell in vielen Briefen ihre verschiedenen gesundheitlichen Probleme erwähnte, schien sie auch zu Unfällen zu neigen. In Peacock, S. 15, streitet Courtenay die Möglichkeit ab, daß Mitchell Hypochonderin war, und erklärt, es sei »ihrer Freundin immer ›peinlich gewesen, krank zu sein‹«.
39 Pyron, S. 141
40 Henry Love Angels Heiratslizenz und Totenschein: Fulton County Probate Court und Fulton County Health Department
41 Interview mit Angel jr.

Bibliographie

Archiv-Quellen

Atlanta Historical Society
Emory University Special Collections
Fulton County Vital Records
Gwinnett County Historical Society
University of Georgia Libraries
Hargrett Library, Mitchell Marsh Collection

Bücher

Atlanta City Directories, 1912 – 1923, 1940 – 1945
Compton's Interactive Encyclopedia, Version 3.00 Compton's
Learning Company, 1994
Edwards, Anne, *Road to Tara*, Ticknor & Fields, New Haven and
New York 1983
Facts and Fancies, Washington Seminary School, Atlanta, GA,
Jahrbücher 1916, 1917
Farr, Finis, *Margaret Mitchell of Atlanta*, William Morrow & Co.,
New York 1965
Garrett, Franklin M., *Atlanta and Environs*, 3 Bde., Lewis Publishing
Co., Inc., New York 1954
Grattan, C. Hartley, *The Southwest Pacific Since 1900*,
The University of Michigan Press, Ann Arbor 1963
Gwinn, Yolande, *I Remember Margaret Mitchell*, Copple House Books,
Inc., Lakemont, GA, 1987
Langsam, Walter C., *The World Since 1914*, MacMillan Company,
New York 1935
Harwell, Richard, *Margaret Mitchell's »Gone With the Wind« Letters*,
1936 – 1949, Macmillan Publishing C., Inc., New York, und Collier
Macmillan Publishers, London 1976
Pyron, Darden Asbury, *Southern Daughter, The Life of Margaret*
Mitchell, Oxford University Press, Oxford und New York 1991
Runkle, Scott F., *An Introduction to Japanese History*, International

Society for Educational Information Press, Inc., Japan 1976
Shavin, Norman, *Days in the Life of Atlanta*, Capricorn Corp.,
Atlanta 1987
Shavin Norman und Sharter, Martin, *The Million Dollar Legends:
Margaret Mitchell and Gone With the Wind*, Capricorn Corp.,
Atlanta 1974
Peacock, Jane Bonner, *A Dynamo Going to Waste - Letter to Allen Edee
1919 - 1921*, Peachtree Publishers, Ltd., Atlanta 1985
This Fabulous Century, 1910 - 1920, Time & Life Books, Inc., Virginia 1985
Walker, Marianne, *Margaret Mitchell & John Marsh, The Love Story
Behind Gone With the Wind*, Peachtree Publishers, Ltd., Atlanta 1993

Interviews

Angel Henry jr., Georgia, 1994, 1995
Britton, Sarita Hiscox, Florida 1995
McFadyen, Courtenay Ross, Pennsylvania 1980, aufgenommen auf
Audiokassette von Peacock & Wiggins, 1995
Reeves, Dorothy, Georgia 1995
Summers, Jessie, Georgia 1995
Wiggins, Patsy, Georgia 1994, 1995

Magazine und Zeitschriften

Edwards, Augusta Dearborn, *My Most Unforgettable Character* in:
Reader's Digest, März 1962, S. 117-121
Freer, Debra, *Margaret Mitchell Has Not Gone With The Wind* in:
Art & Antiques, Mai 1995, S. 54 - 63
Harwell, Richard Barksdale, *A Striking Resemblance to a Masterpiece -
Gone With the Wind in 1936* in: Atlanta Historical Journal 25
(Sommer 1982), S. 21 - 38
Howland, William S., *Peggy Mitchell, Newspaperman* in:
Atlanta Historical Bulletin 9 (Mai 1950), S. 47 - 64
Key, William, *Margaret Mitchell and Her Last Days on Earth* in:

Atlanta Historical Bulletin 9 (Mai 1950), S. 108 -127
Margaret Mitchell of Atlanta, Atlanta Public Library Memorial
Publication, 1954
McKay, Blyth, *Margaret Mitchell in Person, and Her Warmth of
Friendship* in: Atlanta Historical Bulletin 9 (Mai 1950), S. 100 - 107
Macmillan Publishing Company, *Margaret Mitchell and Her Novel
Gone With the Wind,* in: Macmillan Company Booklet, 1936
Marsh, John R., *Margaret Mitchell and the Wide, Wide World* in:
Atlanta Historical Bulletin 9 (Mai 1950), S. 32 - 44
Mitchell, Stephens, *Margaret Mitchell and Her People in the Atlanta
Area*, in: Atlanta Historical Bulletin 9 (Mai 1950), S. 5 - 26
Mitchell, Stephens, *Her Brother Remembers - Margaret Mitchell's
Childhood* in: The Atlanta Journal Magazine Margaret Mitchell Memory
Issue, Dezember 1949
Perkenson, Medora Field, *Was Margaret Mitchell Writing Another
Book?* in: The Atlanta Journal Magazine Margaret Mitchell Memorial
Issue, Dezember 1949
Pyron, Darden, *Making History: Gone With the Wind,
A Bibliographical Essay* in: Atlanta Historical Bulletin 4, Winter, 1985/86
Taylor, A. Elizabeth, *Women Suffrage Activities in Atlanta* in:
Atlanta Historical Journal 23 (Winter 1979), S. 45 - 54

Zeitungen

Atlanta Journal and Constitution, 1915 - 1922
Atlanta Journal and Constitution, 15. März 1949
Atlanta Journal and Constitution Magazine, 16. Mai 1954

Unveröffentlichte Manuskripte

Wilkins, Barratt, *Victor Lamar Smith Shadowbrook, and the summer
of 1920,* 1995

Band 12801

Pat Conroy
Der Gesang des Meeres

Beach Music – das ist der Klang der Brandung an den Gestaden von South Carolina, zwischen Sumpfland und zahllosen kleinen Inseln, wo es von Fischen, Vögeln und anderem Meeresgetier nur so wimmelt.
Beach Music – das ist auch die Melodie, die erklingt, als die schicksalhafte Liebe von Jack McCall und Shyla Fox beginnt. Ihr Tanz in einem alten Strandhaus, das von den Wellen ins Meer gerissen wird, steht symbolisch für den Tanz am Rande des Abgrunds, der damit endet, daß sich Shyla eines Tages von einer Brücke in den Fluß stürzt. An dieser Stelle beginnt der Roman. Er erzählt von der Flucht eines Mannes vor der Vergangenheit, die in die Zeit des Vietnamkrieges und die Schrecken des Holocaust zurückreicht, aber auch verflochten ist mit der Geschichte einer unzähmbaren Familie, deren Liebe Jack aus den Schatten von gestern befreit.